刃の真相

御庭番の二代目18

葵

二見時代小説文庫

目次

刃（やいば）の真相——御庭番の二代目18

江戸城概略図

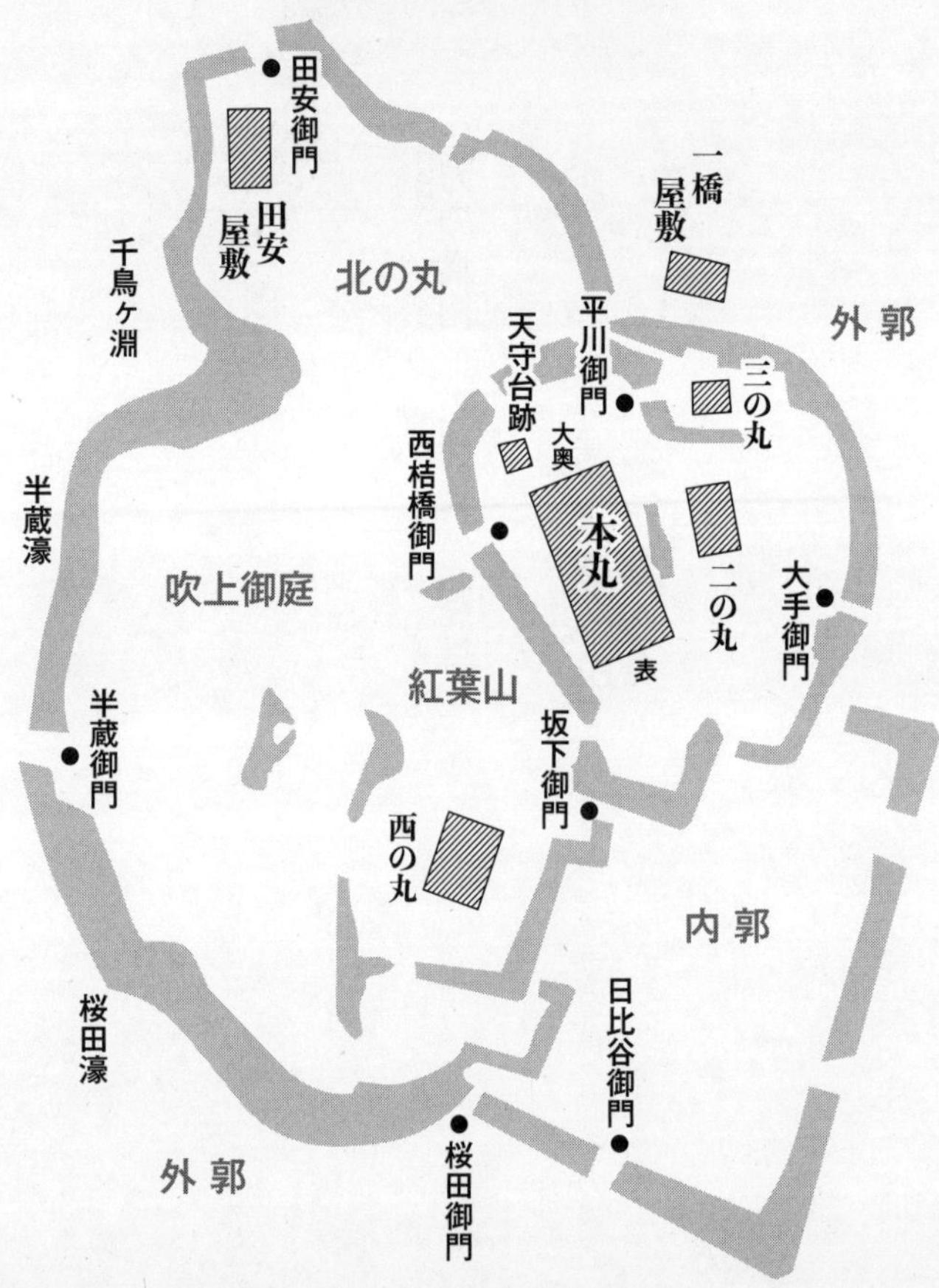
田安御門
田安屋敷
千鳥ヶ淵
北の丸
一橋屋敷
外郭
平川御門
天守台跡
三の丸
大奥
西桔橋御門
本丸
半蔵濠
吹上御庭
二の丸
大手御門
表
紅葉山
坂下御門
半蔵御門
西の丸
内郭
日比谷御門
桜田濠
桜田御門
外郭

第一章　殿中の刃

一

「鬼は外」

声が西の丸御殿に響き渡る。

御殿の主である将軍のお世継ぎ徳川家斉が、大きく腕を振って豆をまく。その隣に、吉宗が立てた御三卿の一家、一橋家の当主である父の徳川治済が、目を細めて見つめていた。その横には、治済の従兄弟である松平越中守定信もいる。

西の丸の庭で、宮地加門はそれを木立の陰から窺っていた。

家斉は廊下を進みながら、豆をまき続ける。臣下はそのあとに続いて、ゆっくりと進んで行く。

鬼遣らいは、大晦日の恒例行事だ。

加門はふと、口元を弛ませた。五十年近くも前の光景が甦ってきたからだ。

のちに九代将軍となった家重が、この西の丸の主であった頃だ。

小姓として仕えていた田沼意次も、鬼遣らいに付き添い、豆をまいていた。

豆まきの一行は、普段は限られた男子しか入ることのできない大奥にも入るのが常だった。

美男子であった意次は大奥の女中達に人気で、女中達は皆、浮き立っていたものだった。その光景を、今と同じように庭から見ていたのを思い出す。が、すぐに加門はそれを振り払うように、小さく首を振った。

目を定信へと向ける。

家斉にとっては父の従兄弟に当たる松平定信は、うしろ手で胸を張りながら、家斉の先を歩いて行く。

次期将軍である家斉は、行列の主だ。その身分を上まわるのは、将軍のほかにいない。誰もがそのうしろに従い、腰を低くして付いて行く。

一人、横に並んでいるのは、実父の治済だけだ。

加門は眉を寄せた。

定信は気にするふうもなく、先を歩いている。

加門は鼻からふっと息をもらした。まるで、己こそがこの御殿の主と言わんばかりだな……。

と、その顔を小さく横に向けた。人が近づいて来る気配があったためだ。

木立の奥から現れた人影に、加門は肩に込めた力を抜いた。近づいて来るのは御庭番仲間である川村七平（かわむらしちへい）だった。本家は本丸詰めだが、別家（べっけ）が西の丸詰めとなって、こちらを警護している。年上の加門に、七平はかしこまって礼をした。

「お役目ですか」

「いや」加門は首を振る。

「一橋様と定信侯が連れ立って本丸を出たので、つい気になって付いて来たのだ。したら、こちらに参ったというわけだ」

「そうでしたか」

七平は加門の斜めうしろに立った。

加門は目だけをそちらに向けた。

「定信侯はよく見えるのか」

「はい。一橋様とごいっしょにしばしばお越しです。以前は……お一人で御殿を眺（なが）めておられましたが、家斉様がお世継ぎとして住まわれてからは、お上がりになられて御殿を歩くお姿をよく見ます」

七平と目を合わせ、加門は黙って頷いた。

定信の胸の内が、手に取れるようだった。

将軍家治の嫡男家基が、突然の死を遂げたことで、お世継ぎの座は空いた。御三家と御三卿のなかから、新たに世子となる男子を選ぶこととなったのだ。御三卿の一家田安家の生まれであった松平定信も、その候補に挙げられていた。すでに白河藩の松平家に養子に入っていたものの、まだ家督を継いでいなかったため、養子解消も難しいことではなかったからだ。なによりも、定信当人が、それを強く望んでいることは、誰の目にも明らかだった。

幼少の頃から英明と評判をとり、それを誇示していたのも当人だ。さらに父の宗武は、誰よりも将軍の座を継ぐことを望んだ人物だった。将軍吉宗の嫡男家重の廃嫡を画策し、公然と父の吉宗にも直訴したほどだった。定信はその父の遺志を継いでいるようにも見えた。

宗武はその傲慢さが吉宗の怒りを買い、退けられた。将軍の座は予定どおり、家重が継いだのである。小姓として仕えた田沼意次は重臣となり、その忠勤ぶりから、次の家治にも重用された。

　家基亡きあと、家治から跡継ぎの選定を任されたのも意次だった。そして、意次が選んだのが家斉だった。

　加門はそれらの来し方を思い出しながら、御殿の定信を見ていた。

　世子決定後、定信の失望と怒りは目にも明らかだった。

　今も……と、加門は胸中で独りごちる。将軍の座を逃した悔しさを捨てきれていないのだろう……。尊大な定信の歩き方がそう思わせた。お世継ぎ選定からすでに三年近くが経っているが、その月日が長いのか短いのか、端からはわからない。

　行列は大奥へと向かって行く。

　身分の低い者らはその手前で止まった。数を減らして進む一行を目で追う加門は、おや、とつぶやいた。七平も、

「意致様ですね」

　と、つぶやく。田沼意致の姿が、ばらけた一行のなかに浮かび上がった。

　意致は意次の甥だ。

　意次の弟の意誠は、一橋家の家老を務めていた。在職のまま病で没し、その家督は長男の意致が継いでいた。

意致はまだ家基が存命の頃に、西の丸の目付として出仕していた。が、治済に乞われ、一橋家の家老となったのだ。治済が意次に頼んだらしかった。

その後、家斉が西の丸御殿に入ると、意致は家斉付となってともに移った。西の丸の御側御用取次見習いとなり、かつ小姓組番頭格を兼任している。

「意致殿は頼りにされているようだな」

加門のつぶやきに、七平は頷く。

「ええ、家斉様の御側に必ずいらっしゃいます」

「ふむ、真面目で忠勤ゆえだろう。お父上の意誠殿も生真面目なお人であった」

加門は答えつつ、治済を見て、しかし、それだけではないだろう、と思う。治済はずっと以前から、何かにつけて意次に頼み事をして、親しくつきあってきた。将軍の信頼が篤く、城中でも力を持っている田沼意次とのつながりを大事とする、という思惑が見てとれていた。

行列が大奥の廊下に現れたのが、ざわめきから察せられた。大奥の庭には囲いがあって、外からは見えない。が、声は聞こえてきた。

「鬼は外」

家斉の声が上がった。

「そろそろ、声が変わられるのでしょうね」

七平の言葉に、加門も頷く。

家斉は年が明ければ十二歳だ。

「そうだな、太い声になりそうだな」

しっかりとした体つきを思い起こす。

庭の木々が頭上で揺れ、鳴った。

木枯らしが吹きすぎていく。

「もう、明日は新年ですね、来年はよい年になってほしいものですが……」

七平の言葉に、加門は空を見上げた。この天明三年（一七八三）は浅間山が大噴火を起こし、それによって生じた飢饉が未だに続いている。

「うむ、真にな」

加門は木枯らしに肩をすくめた。

半日後に、天明四年の新しい年が明けた。

二

江戸の町を、加門は歩いていた。日本橋を抜けて、大川（隅田川）のほうへと、ゆっくりと行く。正月もすでに下旬となり、道を行き交う人々からも、浮かれたようすは消えていた。

今年はなおさらか……。と、加門は目を配りながら、独りごちる。

去年、浅間山の噴火によってもたらされた大飢饉のせいで、十二月に公儀は倹約令のお触れを出していた。節約に励み、奢侈、浪費を禁ずるものだ。それは七箇年に及ぶ長い倹約令だった。

十三年前の明和八年（一七七一）にも、財政の悪化による五箇年の倹約令が出されたことがあった。それがすんだあとには、町にはにぎわいが生まれた。田沼意次が商売を奨励したことで、多くの店が生まれ、物や金が流れたためだ。

加門は大川のほとりから、少し下流にある中洲新地を見やった。川の中洲を埋め立てて新たに拓きたい、という申し出を意次が許し、できた町だ。新らしく建てられた多くの店が人を呼び、両国をも上まわるにぎわいを見せていた。

ふむ、と加門は頷く。さすがに、人出が減っているな、出されたばかりの倹約令が、効いているようだ……。

川下に向かって歩きながら、加門は町を見まわす。倹約令が出された町を、検分するのが目的だった。店の軒先から、派手な飾りが消えていた。

表の通りから、裏道へと入っていく。

町の並ぶ道には、子供達の遊ぶ姿があった。

そこを抜ける途中で、加門は足を止めた。子らの歌声に、耳を引かれたためだ。

「田沼様には及びもないがー、せめてなりたや公方様ぁ」

子らは無邪気に唄っている。

なんと、と、加門は息を呑んだ。このような歌が唄われているとは……うらやましさは公方様よりも田沼様のほうが上だということか……。

加門はゆっくりと足を進めながら、遊ぶ三人の子らを横目で見た。

地面に描いた輪の中に、小石を投げ入れながら、また同じ歌を繰り返す。

加門は通り過ぎてから、再び足を止めた。と、その踵を返すと、子らに近寄った。

腰をかがめて覗き込む侍に、子供らは手を止めて目を見開く。

加門は笑顔を作った。

「腹は減っていないか、どうだ、団子を食べないか」

子らはきょとんして、互いに顔を見合わせている。加門はさらに笑顔で三人を順に見る。

「なに、わたしは小腹が空いてな、団子を食べたいのだが、一人では決まりが悪い。そなたらがいっしょであれば、気兼ねしないですむ」

子らの顔が明るくなる。

「うん、団子、食べたい」

女の子の笑顔に、男の子二人が続ける。

「おいら、腹減ってる」

「そりゃ」年上らしい男の子は、もじもじと肩を揺らす。

「食べたいけど……」

「では、参ろう」加門はその子の肩を押した。

「近くに水茶屋はあるか」

「あるよ」

女の子が先に立つ。

それに続いて表通りに出ると、水茶屋がすぐに見つかった。

緋毛氈を敷いた長床机に並ぶと、子らはすぐに運ばれた団子にかぶりついた。

「ご飯は食べたのか」

その勢いに、加門は子らを覗き込む。

「食べたよ、ね、あんちゃん」

三人は兄妹らしい。

「うん、けど……」次男と見える男の子は、肩をすくめた。

「お粥だから、すぐに腹が減るんだ」

うん、と兄も頷く。

加門は「そうか」と子らを見た。

数年前から各地に米の不作が続き、値が上がっている。そこに噴火による凶作が追い打ちをかけ、米はさらに高値になっていた。少ない米で腹を満たすためには、粥にするのが手っ取り早い。

「粥だと腹持ちが悪いな」

「うん」長男が頷く。

「すぐに腹が減るから、みんな機嫌が悪いんだ」

「そう」妹が加門を見上げる。

「うちのおっかさんも、すぐに怒る」

「それは」次男が首を振った。

「おとっつぁんが怒るからだ」

「そうなのか」

加門の問いに、長男がうつむいた。

「うん。おとっつぁんは粥なんかでまともに働けるかって怒鳴るんだ。だから、あとでおっかさんの機嫌も悪くなるんだ」

ふうむ、と加門は口を曲げると、茶屋の娘を呼んだ。

「団子を六本、土産に包んでくれ」

経木に包まれた団子を受け取ると、加門はそれを長男に渡した。

「これをおっかさんと食べるがいい」

子らの目が丸くなる。

「うわぁ」

「おっかさん、喜ぶね」

「うん、おっかさん、団子好きだもんな」

包みを受け取った長男が床几から飛び降りる。

あ、と加門は手を伸ばした。

「そういえば、さっき、歌を唄っていたであろう、せめてなりたや、という」

うん、と見上げる長男に加門は問う。

「あれは誰に教わったのだい」

「みんな、唄ってるよ」次男も横に立った。

「おとっつぁんも知ってたし」

そう、と妹も並んだ。

「近所の子も唄ってる」

「ふむ、そうか」

頷く加門に、長男は団子の包みを掲(かか)げた。

「お侍さん、ありがとうさんでした」

そういうと、くるりと背を向けて、走り出した。下の二人もそれに続き、妹は振り向いて笑顔を見せた。

加門は立ち上がると、角を曲がっていく子らを見送って、広い空の広がる方向へと歩き出した。

空が広いのは、その下が海だからだ。

加門は海辺の築地の町に足を踏み入れた。景色もよいこの辺りには、大名屋敷が多い。長い塀が続くその一画を、加門は進んだ。海風に乗って、金槌の音が聞こえてくる。

門が開き放たれ、大工が出入りする屋敷の前で加門は足を止めた。門の奥に、屋敷を普請しているようすが見える。

田沼家の中屋敷だ。

嫡男の意知は、昨年十一月一日に若年寄に任ぜられていた。それまでは神田橋御門の内にある田沼家の上屋敷に父とともに暮らしていたのだが、若年寄ともなれば同居というわけにもいかない。多くの来訪者もあるため、役宅が必要だった。そこで、中屋敷を意知の役宅として、手を入れることになったのが十二月のことだった。

門の内では多くの材木が積まれ、大工が忙しく働いている。玄関やその横の部屋を普請し直しているのが見てとれた。

立派になりそうだな……。加門は、屋根を見上げた。屋根も一部を葺き直しているらしく、職人らが瓦を外している。

そうか、と加門は胸中でつぶやいた。もしかしたら、ここに阿蘭陀人が来るかもしれないのだな。立派にせねばなるまい……。

意知は阿蘭陀との交渉も役目の一つとしてまかされていた。

意次は、ゆくゆくは異国と交易することを考えている。そのためには交易船を持つ必要があるが、そこまで大型の船を作る技は、まだ日本にない。ために、大型船を作る技を持つ阿蘭陀人を招くよう、意知に指示をしていた。

長崎の出島で阿蘭陀商館長をしているイサーク・チチングに、意知はその要請をしていた。長崎に滞在する異国の商人は、江戸へ参じることが命じられている。チチングも二度、江戸に来て、家治にも目通りをしていた。意知もチチングと面識があった。数々の国を訪れたチチングは、意知にその見聞を伝え、異国への関心も高い意知は、それらを水のように吸収していた。チチングも意知の才の高さに感心し、先行きへの期待を高めていると、城中にも伝わっていた。

加門は塀の上から伸びた松の枝を、目を細めて見上げた。意知の晴れやかな顔がそこに重なる。

父意次に似て頭のまわりも早い。真面目で忠実であるところも同じだ。

だが、と加門は思う。父よりも上かもしれない……。

意次の書く字はきっちりと整い、その生真面目さがにじみ出ている。それに比べ、意知の書はおおらかで力強い。恵まれて育った曇りのなさが、力強さを生んでいるのだろう……。加門はそう思いながら、塀に沿って進む。

進んでいた加門が、その足を緩めた。

前から二人の武士がやって来る。

ともに、普請をしている屋根を見上げていた。

「派手な普請が進んでいるな」

右の武士の声に「ああ」ともう一人が答える。

「玄関も大層立派になりそうだ。倹約令を出しておきながら、よくもこれほど財をつぎ込めるものだ」

その尖った物言いに、加門は耳をそばだて、横目を向けた。公儀の直参ではないな、いずこかの藩士か……。

二人は加門とすれ違う。

背後で、ふん、と鼻の鳴る音がした。

「できあがれば、多くの客が来るのだろうな」

「うむ、若年寄ともなれば、挨拶だけでも大勢やって来るだろう。おまけに、ここからお城への行列が出入りすることになるのだ」

二人の足音が荒くなる。

「殿がお目になされば、ご機嫌を損ねるであろうな」

「おう、御不快であろう。このような近くに、目障り(めざわ)なことよ」

あ、と加門は小さく振り返った。そうか、白河藩の藩士か……。

松平定信が藩主である白河藩の上屋敷は、ここからほど近い八丁堀(はっちょうぼり)にある。

定信の実家である田安家が、田沼意次を敵視してきたことは誰もが知っている。

田安家当主宗武は、意次が仕えた家重から、最後まで許されることがなかった。目通りも許されず、遠ざけられたままであることに、宗武は不満を募(つの)らせていた。その憎しみは周囲にも及び、家重が重用した意次も、田安家からは疎(うと)まれていた。さらにそこに拍車(はくしゃ)をかける出来事があった。

田安家の当主を継いだ嫡男が死去したあと、定信は養子取り消しを願い出た。田安家に戻れば、将軍の座を継ぐことも夢ではない。が、それは拒否された。将軍家治や他の老中、重臣らの総意であったにもかかわらず、田安家では長年の敵視もあってか、田沼意次に怨(うら)みを向けた。

その後、定信は決まっていたとおりに、松平家に入った。そして、態度を変えた。

白河藩をより格の高い溜間詰にしてほしい、と意次に願い出たのだ。さらに藩主を継いでからは、老中にしてほしい、と意次に談判した。意次は己が決められることではないゆえ協議にかける、と応じていた。

定信の願いは、ともに筋の立たないものであったため、重役協議で拒否された。が、そこでも、定信はそれを意次の思惑と見做して、怨みを募らせることとなった。

城中でも、そうしたいきさつは知られていたため、白河の藩内で知れ渡っていても不思議はない。

いや、と加門は眉を寄せた。身近な者らには、定信侯自ら不満や憤りを口にしていてもおかしくない……。

加門は八丁堀の方角を見やった。よりにもよって、近くとは……。そう口中でつぶやきながら、加門は眉を寄せたまま、地面を踏みしめた。

三

江戸城中庭の廊下を、加門はゆっくりと歩いていた。

二月も半ばを過ぎて、吹き込んでくる風はぬるい。が、夕刻の冷えはじめた気も、そこに混じっていた。

庭を挟んだ松の廊下で、加門は振り返った。

田沼意次の姿がそこに現れた。

下城だな……。と、加門はその足取りを見つめた。最近は、しばしば意次の下城を見守っていた。一日を終えて無事に帰る姿を見ると、安心できた。

意次のすぐあとに、老中水野忠友がやって来た。二人は並んで歩き出す。その二人に、廊下では皆、身を隅に引いて低頭した。老中や若年寄の下城には、役人らが出て挨拶をするのが決まりとなっている。

　意次と水野忠友は、言葉を交わしながら歩みを進めていた。二人は縁戚にもなっている。田沼意次の四男意正を、忠友は娘婿として養子に迎え、忠徳の名を名乗らせていた。男子のいない水野家が、跡取りとして据えたのだ。忠友は財務を司る勝手掛も任されており、二人はともに財政の舵取りで手を携えていた。

　水野家は譜代の名門だ。家康の生母である於大の実家であり、かつては信州松本藩七万石を抱える大名だった。

が、かつてその藩を潰す事件が、この松の廊下で起きた、と加門は聞いていた。

七歳であった加門は見たわけではないが、いくども話を聞いたため、その折の情景が浮かぶようだった。

事が起きたのは享保十年（一七二五）。松本藩は当主が嗣子のないまま没したため、弟の水野忠恒が継ぐこととなった。忠友の従兄だ。が、この忠恒は十代から酒好きで、飲むこと以外に好むのは狩りだけ、という人物だった。短気で乱暴でもあったため、家臣らからさえも疎まれるほどだった。

その忠恒が城に上がったその日、帰りの松の廊下でいきなり刀を抜いた。すれ違った長州藩世子の毛利師就に斬りかかったのだ。鞘ごとの刀でそれを防いだ師就は、傷を負ったものの浅かった。浅くすんだのは、周囲の人々がすぐに忠恒を押さえたためだ。

殿中での刃傷という御法度を犯したため、忠恒はその日のうちに改易の沙汰を受けた。

いったいなぜ、斬りかかったのかという問いには、〈我が藩を毛利にとられると思った〉という答えを返していた。公儀内でそのような検討をされたことはなかったにもかかわらず、だった。

乱心、と判じられ、忠恒は川越藩に預かりの身となり松本藩は改易となったものの、信州の佐久七千石が許され、旗本として残された。その家を継いだのが、忠友の父忠毅だった。

やがてその家を忠友が継ぎ、忠勤を示して出世を重ねた。家禄も増えて大名として返り咲き、沼津藩を与えられ当主となったのだ。

忠友は胸を張って歩いている。

隣の意次も凜と背筋を伸ばしているが、忠友のようではない。

そうか、と加門は二人を見比べて思った。意次の肩には力が入っていないのだ……。誰に対しても威張らず、という家中への教えを、自ら体現しているのが察せられた。

玄関に向かって廊下を歩いて行く二人に背を向けて、加門は中奥の詰所に戻るべく踵を返した。と、その目を廊下の端に向けた。

松の廊下の入り口に、二人の人影があった。

一人は松平定信だった。横に並んでいるのは泉藩藩主の本多忠籌だ。二人は親しくつきあっており、連れ立っている姿もよく見られた。

加門は進みながら、目だけを動かして二人を見る。定信の顔に目が吸い寄せられた。あの眼だ……。加門は眉を小さく歪める。

定信のぎょろりとした大きな眼は、意次の背中を睨みつけている。これまでにも、いくどか見た眼だ。

意次の姿が消えるまで、その眼は動かなかった。

歪んだ口元で、本多がなにやら話しかけると、定信も歪んだ笑いで、踵を返した。

加門は足早に御庭番の詰所に戻ると、城の外へと出た。

城の裾にある田沼家の屋敷に、加門は向かった。

門の前にはいつものように行列ができている。陳情をする人々が並んでいるのだ。

商人や町人、百姓も並ぶなかに武士の姿もある。田沼家ではこれまでにも、多くの浪人を家臣として召し抱えてきた。加門は眼をゆっくりと配る。並んでいる武士は、浪人だけでなかった。

加門はそれを横目に見ながら、門へと進んだ。門番は見知った加門に礼をして、中へと通す。

家臣によって奥へと通された加門の前に、着替えてくつろいだ意次がやって来た。

「久しぶりだな、変わりはないか」

「うむ、忙しいなかに邪魔してすまない。相変わらず門前は行列だな」

「ふむ、家臣らが対応しているが、最近は意知も面談をしてくれるので助かる」

「ほう、そうか。見たところ、直参らしい者らもいたが、わざわざ老中に目通りを願うとは、よほどの意見があるのか」

「ああ」意次は苦笑を浮かべた。

「役人のなかには、己の考えや優れた方策を述べる者もあるのだが、なに、大方は出世の願いだ。家門や血筋の誇りをとうとうと話し、ゆえに禄を増やしてほしい、役を上げてほしい、という……一応、聞いてはみるが、実のある内容は少ない、というのが真のところだ」

「ほほう、だが、内容を判じるところまで、聞くことは聞くのだな」

「うむ、相手が直参であれば、そう無下にもできぬからな」

苦笑して、意次は茶を飲みながら加門を見た。

「して、今日は急の用でもできたか」

「いや」と加門も茶を含んだ。

「ちと、話しておきたいと思ったのだ。松平定信侯が気にかかってな」

「定信様か……まあ、怨まれているのはわかっているが、わたしを怨んでいるお人は、ほかにも大勢いるであろうしな」

「ほかは、怨みというよりも妬みであろう。己よりも家格の低い者が出世していくのが面白くない、というつまらぬ嫉みだ。血筋や家名にこだわる武家の性根であろう」

ははは、と意次は笑う。

「妬み嫉み、か……だが、それによって足下をすくわれたり、裏切られたりもする。武家にとっては、見えぬ刃ともなりかねん」

「ふむ、確かに。定信侯の怨みの根には、それも含まれておろう。厄介なのは、そこにこれまでのいくつもの怨みが重なっていることだ。いや、筋違いであることはわかっている、わかってはいるが、あちらはあちらなりの思い込みを持っているのが見てとれるゆえ……」

顔を歪める加門に、意次は頷いた。

「確かに……なんでもわたしが一存で決めているように勘違いをなさっている節はある。まあ、それは定信様のみならず、多くの人がそう思っているようで、困ったところなのだが……」

「うむ」加門は膝行して間合いを詰めた。

「だが、定信侯の思い込みは、なにしろ養子の取り消しや将軍のお世継ぎ、という大きな問題の上に立つものだ。事が大きければ怨みも大きくなろう、わたしはそれが気にかかっているのだ。今はまだよいが、この先、定信侯もなにかの御役に就くかもしれん」

「ふうむ、それは間違いあるまい」

「であろう、そうなったときに、意知殿の妨げになるやもしれぬではないか。これまでの腹いせに、意知殿の仕事を邪魔しないとも限らん」

加門の言葉に、意次は「ううむ」と腕を組む。

「そこまでは考えておらなんだが……」

眉を寄せる意次を見つめて、加門はこみ上げてくる思いを呑み込んだ。

意次は人がよい……人のよいところを見るし、悪口も言わない。人の裏を探ってきたわたしとは、違うからな……。

「あのお方の眼は油断できぬ」

加門のつぶやきに、意次は小首をかしげる。

「眼……」

あ、と加門は口を閉じた。なんと言えばよいか、説明はできそうにない。

ふうむ、と意次は改めて加門を見返した。

「まあ、そなたはわたしと違って、これまで広い世と多くの人を見てきた。御庭番としての心眼もある。そなたが気にかかるというのであれば、心しておこう。すまぬな、わざわざそれを言いに来てくれたのか」

いや、と加門は目元を弛めた。意次の穏やかな面持ちを見ていると、思い過ごしか、と気恥ずかしくもなってくる。

意次は取り上げた茶碗を覗き込んで、廊下に声を放った。

「誰かあるか、茶の替わりを頼む」

はっ、と足音が鳴って障子が開く。

「ちょうどお持ちしたところで」盆を手に入って来た家臣は、顔を上げた。

「それと、ただいま意知様がお戻りになりました」

「おう、そうか、なれば顔を出すように伝えくれ。加門が来ているゆえ、と」

「はっ」

家臣が下がっていく。

少しの間を置いて、意知がやって来た。

「これは、お久しぶりですね」

にこやかな会釈に、加門も笑みを返す。

「変わりなくなにより。そうだ、先月、普請をしている築地の屋敷を見てきたぞ。立派な屋敷になりそうだ」

「おう、見たか」意次も笑顔になる。

「城からはちと離れているが、海に近いのがよいであろう」

　意知も頷く。

「海を行き交う船がたくさん見られるので、学びになります。船の造りには、いろいろとあるので」

「ほう、そうか、意知殿は外国まで行ける船を造る役目があったな」

「ええ、ですからもっと大きな船が見たいのです。いずれ長崎にも行きたいと思うているのです。チチング殿とも、直にいろいろの交渉ができますし」

「長崎か」父が目を細める。

「若年寄の身で長くお城を留守にするのは難しいが、行けば、多くの学びがあろう。上様のお許しが得られれば、叶うやもしれん」

　ほう、と加門も目を細めた。

「それはよい、旅は行くだけでも多くのものを得られる。その折には、うちの草太郎を警護として連れて行ってもらえればありがたいが」

「ええ、もちろん」意知が頷く。

「そのつもりです。草太郎殿がいれば心強いし、よい話し相手になってくれるでしょうから」

意知は笑顔を向けるが、すぐにあっと腰を浮かせた。

「すみません、さきほど門で、面談の約束をしてしまいまして」

「おう、そうか」加門も立ち上がる。

「わたしもこれで失礼しよう。意次にも目通りを願うお人らが、待ち焦(こ)がれているであろうし」

「いや、また、来てくれ。次はゆるりと話そう」

見上げる意次に加門は頷いた。

田沼家の長い廊下に出ると、春の風が吹き込んできた。

四

三月の暖かな風を頬に受けながら、下城した加門は、御庭番御用屋敷の門をくぐった。城にほど近い鍋島藩(なべしまはん)の囲い内にある御用屋敷だ。隠密役(おんみつやく)であることから、最初から周囲と隔たれたこの囲い内に屋敷が造られていた。

加門は奥に位置する宮地家の屋敷へと進む。

旗本となって囲いから出て行った家もあるが、次男などがつぎつぎに別家を立てているため、御庭番の数はむしろ増えている。庭に花や植木が植えられた屋敷もあり、囲い内は穏やかだ。

足を進めていた加門は、ふとそれを止めた。

奥の空き地に数人が集まっている。長男の草太郎、それに長女の鈴が嫁いだ馬場兵馬、次女千江が嫁いだ吉川孝次郎の姿もある。

「なにをしているのだ」

寄って行った加門に、皆が振り向く。すでに長老格となっている加門に、それぞれが深々と頭を下げた。

草太郎は手にしていた鍬を掲げた。

「ここに田を作ろうと相談していたのです」

「はい」と、孝次郎が頷く。

「米の値は上がる一方なので、いっそ作ってはどうか、という話になって」

「いやぁ」村垣家の次男が首を振った。

「米は難しいと思うがな」

兵馬は加門を見た。

「どう思われますか」

ふっと、加門は苦笑を返した。

「米は無理だ。まず水を引かねばならん。ここではできん」

ほうら、とつぶやき合う年若の者らを、加門は見渡した。

「わたしは探索で方々の田畑を見て来たが、米作りは多くの手間がかかるものだ。我らごときにできるものではない。作るなら畑にして、青物でも育てるのがよい」

「そうですよね」

うなだれる皆を、加門は微笑んで見た。

「米を作ろうという意気込みはよいが……なにゆえに、いきなり作ろうなどと思いついたのだ」

「はあ、それは」孝次郎は頭を掻く。

「米沢藩では、お殿様が自ら米を作られていると聞いて、感じ入ったのです」

「はい」草太郎も頷く。

「わたしもその話は前に聞いて、感銘を受けていました。上杉家の御当主が、鍬を手に田を耕すなど、見習うべきかと……」

「ううむ、上杉治憲様（のちに鷹山と号す）か」加門は顎を撫でた。

「確かに、米沢藩主を継がれたあと、さまざまに藩政改革を行われていると聞いたが……」

明和四年（一七六七）、米沢八代藩主の重定が引退し、婿養子の治憲に国を譲っていた。重定は政に関心がなく家臣らにまかせきり、さらに能楽好きで贅沢好きであったため、財政は破綻していた。が、重定は己の失政は自覚していたらしく、実子がいたにもかかわらず養子の治憲に時代を託したのだ。治憲を才知豊かな子、と推したのが、上杉家と縁のある人物であったためだ。

その女人豊は、四代当主上杉綱憲の娘だった。嫁ぎ先の黒田家で生んだ娘が治憲の生母であり、豊は祖母に当たる。母が早くに逝去したため、世話をすることになった祖母は、治憲が幼い頃から大層利発であることに気がついていた。それゆえに、上杉家の養子にと持ちかけたのだった。

「武士にも鍬を持たせたのですよね」

孝次郎の言葉に、兵馬も続ける。

「刀を捨てて田畑を耕せと命じたのでしょう。よくぞご決断されたと、聞いて驚きました」

ううむ、と加門は腕を組んだ。

「だが、反発が大きく、従う者はごくわずかであったという話だ。重臣らのほとんどは抗(あらが)い、藩主に従おうとする者とのあいだに争いまで起きたと聞いている」

「はい」草太郎が頷いた。

「わたしも漏れ聞きました。諍(いさか)いの果て、多くの重臣が処罰を受けたと。敵対する相手を斬り殺すということまで起きて、それに伴う斬首刑(ざんしゅけい)まで行われた、と」

「うむ」加門が頷く。

「わたしもくわしくは知らないが、そういうこともあったらしい。それゆえであろう、いまだ上杉様の改革はさほどに進んでいないと聞いている」

「なれど」草太郎は背筋を伸ばした。

「続けてはおられるのですよね、わたしはそこを尊敬します」

皆も頷く。

ふむ、と加門はそれぞれを見た。

「そうさな、それで皆が田を作ろうとしたのなら、それはそれでよいことだ。まあ、畑とて、簡単にはいかぬと思うが」

「はい」

声が重なった。

「よし、では畑にして青菜を作るとするか」

「そうだな、小松菜をやるか」

「わたしは里芋も好きだが」

見交わす者らに、加門は笑顔を向けた。

「人の暮らしを知るのは、御庭番としてもよいことだ。暮らしがわかればその心情もわかる。探索にも役立つのは間違いない」

「はい」

皆は背筋を伸ばす。

加門は大きく頷いて、踵を返した。


三月中旬。

屋敷でくつろぐ加門に、「父上」と廊下から声がかかった。

開いた障子から首を伸ばす草太郎に、加門は頷く。

「よいぞ、入れ」

はい、と入って来た息子は、向き合って正座した。

「実は相談したきことが……」

「ほう、なんだ、言うてみろ」

「先日、意知殿と話をしたのです。屋敷の普請が今月で終わるそうで、四月から新しいお屋敷に移るとのことでした」

「おう、できあがるか。わたしは途中を見たが、見事な屋敷になりそうであった」

「そうですか、実はわたしも先日、医学所に行った折に寄って来たのです。ほぼできあがっていました。それで……」

草太郎は声を低めて、上目になった。

加門はそれを読み取って、うむ、と頷く。

「祝いの品を贈りたいのだな」

「はい」顔を上げて、草太郎が微笑む。

「意知殿が喜びそうな物を贈りたいのです……が、なにがよいかと考えあぐねておりまして……それに、購(あがな)うとしても……」

加門は笑う。

「あいわかった、二分、渡そう」

「二分、ですか」

また上目になった草太郎に、加門は大きく頷く。

「それで充分。なにしろ、意知殿は若年寄、それにあの田沼家の跡継ぎだ。祝いの品など、数えきれぬほど集まるに違いない」

「それは、そうですが」

「おまけに舅殿は老中松平康福様だ。皆、金に糸目は付けぬだろう。そなたが一両使ったところで見劣りするのは明らかだ」

「それも……そうですが」

草太郎の顔が斜めに傾いていく。

父は首を伸ばした。

「そなたは金を使うよりも心を使え。長年のつきあいだ、意知殿の心もよくわかっておろう」

「心……」

草太郎の顔がまっすぐに戻る。

その目が天井を見上げた。

「そうか、そうですね、喜びそうな物は大名方よりもわたしのほうがよく知っている」

ほころんだ顔に、加門は頷く。

「うむ、そうであろう」

「はい、筆がよいかも……いや、矢立だ。筆を少し太めにして……意知殿は筆の勢いがよいので、丈夫な物にして……」

「ふむ、矢立か」

加門が頷く。

矢立は小さな筆を入れる筒に墨壺もついた、携帯用の筆具だ。

「それはよいかもしれん。先月、話をする機があったのだが、いずれ長崎に行きたい、と話していた。長旅になれば、矢立はいくつあってもよいからな」

「長崎、ですか」

「うむ、その折には、そなたを供にしてほしいと言っておいたぞ」

え、と草太郎の顔が歪む。

「そのようなことを言ったのですか」

への字になった息子の口に、加門は身をうしろに退いた。

「なんだ、悪いことではなかろう」

「そのようなこと、父上から言われれば、意知殿は断れないではないですか」

憮然とする息子に、父は苦笑を浮かべる。

「なんだ、そこを気にするか。心配はいらぬ、意知殿もそのつもりだと言っていたぞ、あれは本心だ、世辞ではない」

「そう……ですか」

　草太郎の面持ちが弛んだ。その目が天井を見上げる。

「長崎か……行けるでしょうか」

　ううむ、と加門は首を捻る

「なにしろ意知殿だからな、長旅となると上様のお許しが出るかどうか……」

　意知は中奥でも仕えている。それは父意次と同じだ。

　意次は小姓として前の将軍家重に仕え、御側御用取次にまで上がった。将軍の御側衆のなかで二番目に高い身分だ。

　家重は意次を重用し息子の家治に、

〈忠義の者ゆえ引き続き使うがよい〉

　と言い、家治も受け入れた。将軍が替わる際には、御側衆も入れ替わるのが習いであるなか、異例なことだった。

　家治に仕え、意次はやがてさらに上の御側御用人に上がった。加増もされて二万石になり、領地の相良に築城も命じられた。

その後、老中にも抜擢(ばってき)されたが、御側御用人の役はそのままだった。表と奥の両方を務めるというのも、また異例だった。

意知も、父と同じくやはり中奥と表の双方で務めを果たしている。家治が信を置き、重用したためだ。

「上様は」草太郎は誇らしげに胸を張る。

「意知殿を頼もしく思われているのでしょうね」

「うむ、この先、意次が隠居することになっても、意知殿が跡を継げば心強いとお考えなのであろう」

「そうですよね」

息子の笑みに、父も応える。

「意知殿はお役目に就くのが早かったから、父上以上の働きをするであろう」

親子は目を交わして頷く。

と、「あの」と草太郎はそっと手を出した。

上目で見つめられた加門は、ん、と目を見開いてから手を打った。

「おう、そうか、二分だな」

ははは、と加門の笑い声が洩れた。

五

三月二十四日。

窓の外の西日を見やりながら、加門は御庭番の詰所から出た。下城の刻をまわった廊下には、出口へと向かう役人らの姿があった。

歩いていた加門は、耳をそばだてた。

人の声が聞こえる。城中ではふだん、大声を出す者はない。

なんだ……。加門は足を速めた。

声だけでなく、物音も加わった。

加門は足をさらに速める。

廊下の先に、人影が見えた。隅に固まり、立ち尽くしている。

その先に、動く者がいた。振りかざしているのは刃だ。

加門は走った。

刃を持った男は部屋に駆け込んでいく。

人の声が上がった。

部屋の前にも人はいるものの、こちらも立ち尽くしたままだ。

そこに、人が駆け込んだ。大目付の松平対馬守忠郷だ。七十歳の身ながら、

「殿中なるぞ」

大声を放ちながら、部屋に飛び込んだ。

続いて目付の柳生久通も飛び込んでいく。

加門も走る。

その足で部屋に駆け込んだ。

あっ、と息を呑み込んだ。

刃を手にした男は、松平忠郷に羽交い締めにされている。

横に立つ柳生主膳が刀を取り上げていた。

その足下にいるのは、田沼意知だった。

上半身からも下半身からも血を流し、倒れている。

「意知殿」

顔が白くなっている。

そこへ人が動いた。役人が意知を抱え上げて、隣の部屋へと運ぶ。

横に付いた加門は、「下ろせ」と声を上げた。動かしてはまずい……。

血は大量に流れ出しており、畳を真っ赤に染めている。

「医者をっ」

加門は顔を上げて、声を放った。

まわりで立ちすくんでいた者らも、はっとして顔を見交わす。

「蘭方医だ」

加門の大声に、人々が動き出した。

「た、大変だ、医者を」

慌てて走り出す。

「なにごとか」

駆け込んで来る者もある。

「田沼……山城守様が斬られたのだ」

「なんと」

狼狽えた声が飛び交う。

「父上」

足音とともに飛び込んで来た声に、加門は振り向いた。

「なにごとですっ」

入って来たのは草太郎と孝次郎だった。と、草太郎が息を呑み込むのがわかった。

「な……」

加門の横にしゃがみ込む。

「意知殿……」

震える手を伸ばして、草太郎が覗き込む。

手拭いを取り出し、加門は、

「血を止める」

意知の袴に手をかけた。

左右ともに刀で切り裂かれた袴を、さらに引き裂いた。

太股の上部に深い切り傷が赤く開いていた。

加門と草太郎は、目を合わせた。『解体新書』で見た、人体の図が頭に浮かぶ。太い血管が走っている箇所だ。まずい……。目顔で頷きながら、二人は股の付け根を手拭いで縛る。

廊下を足音がやって来た。

城勤めの蘭方医師の峰岸春庵と天野良順だ。囲んできた二人に、加門は顔を上げた。

「傷口を縫ってください」

加門と草太郎が身を引くと、そこに医師らがしゃがみ込んだ。

傷口を脚から肩へと確認していく。が、二人は青ざめた顔を見合わせた。

「早く傷を……」

加門が身を乗り出すと、二人は首を振った。

「いや、針も糸も……道具を持っておらぬ」

くっ、と加門は手を握る。

「田沼様は……」

誰かの声に、誰かが答える。

「すでに下城され……呼びに行かせてます」

草太郎は孝次郎から手拭いを受け取り、意知の肩へと当てた。

「しっかり……わたしだ、わかるか」

草太郎の声に、意知は蒼白の顔で小さく頷く。

加門は隣の部屋を振り返った。

羽交い締めにされたままの男が、脚を踏ん張って立っている。

加門と目が合うと、眼がにやりと笑った。

腹が熱くなり、加門は思わず刀に手を伸ばしそうになる。が、それをぐっと押さえた。殿中での抜刀（ばっとう）は御法度だ。

だが、その御法度を、この男はしでかしたのだ……。加門は歯がみをしながら、顔を戻した。

意知の腰には脇差（わきざし）がない。鞘（さや）ごと抜いて、防いだのだろう。

「田沼様が見えたぞ」

人の声と足音が響いた。

集まった大勢の人らが割れる。

そこを縫って、意次が駆け込んで来た。

「意知っ」

手を伸ばすが、血に染まった身体に手を止める。その顔で辺りを見まわした。

「なにがあったのだ」

皆がもごもごと口を動かす。

「その男が斬りつけたのだ」

加門は目で羽交い締めにされた男を示した。

羽交い締めにしている松平忠郷の横から柳生が、首を伸ばした。

「騒ぎを聞いて、わたしが駆けつけたときには、すでに斬りつけられていました」

なんと、と意次は歪めた顔を息子に戻した。

「しっかりしろ」

「ち……う、え……」

目を半分開けて、意知が応える。

「屋敷へ運ぼう」

加門は立ち上がると、立ち尽くす者らに声を上げた。

「畳を外せ、それに乗せて運ぶのだ」

はい、と進み出たのは、田沼家の家臣だ。

「表に意知様の乗物を着けてあります」

「よし、では、そこまで運んでくれ」

家臣に役人らも加わり、畳が持ち上げられた。

その上に、意知が静かに移される。

「動かさないよう、そっとだ」

加門は意次の腕に手を添えると、ゆっくりと立たせた。

「屋敷で手当てをすれば大丈夫だ」

田沼家には仕えている医者がいる。さらに、意次は日頃から蘭方医を支援しているため、医者はすぐに集まるはずだ。

「う、うむ」

意次はよろめく足下を一度、踏みしめて歩き出す。

部屋を出つつ、加門は振り返る。

斬りつけた男は羽交い締めを解かれ、縄で縛られているところだった。

城を出た意知は乗物に移され、平川御門(ひらかわごもん)へと向かった。大手御門(おおてごもん)から出たほうが田沼家の屋敷に近いが、死人や病人、血で汚れた者は不浄門(ふじょうもん)とも呼ばれる平川御門から出るのが習わしだ。

くそっ、と加門は腹の底で舌を打つ。このようなときまで決まりとは……。

血で染まった手をした一行は、御門を出て、屋敷へと向かった。

第二章　乱心の沙汰(さた)

一

朝早くに、加門と草太郎は連れ立って御庭番御用屋敷を出た。

向かったのは田沼家の屋敷だった。

昨夜、屋敷に運び込まれた意知が手当てを受けるまで、加門と草太郎は付き添っていた。が、騒然とする屋敷で、邪魔にならぬように、そっと引き上げていた。

夜明けて間もない屋敷は、さすがに静けさを取り戻していた。

二人は裏門へまわった。忠勤の家臣が、夜明けとともにこの門を開けるのが常だ。

二人は案内も乞わずに庭から上がり、奥の間へと進んだ。

座敷前の廊下に立った二人を、意次がゆっくりと見上げた。

布団に寝かされた意知は、蒼白の顔で弱い息をしている。

医者の一人が横に座り、じっと見つめている。もう一人の医者は、部屋の隅で柱を背にじっとうつむいている。うたた寝をしているらしい。二人とも、日頃から田沼家に出入りしている蘭方医だ。

意次の目が加門を見つめた。隈の浮き出た目元が、一睡もしていないことを示している。

加門と草太郎は、静かに意次の隣に座った。

どうだ、と尋ねそうになって、その言葉を加門は呑み込んだ。問わずとも、意知の青白い顔でわかった。眉が寄り、苦しそうに歪んでいる。

「血が……」意次が掠れた声を出す。

「出過ぎたそうだ……」

医者の姿をちらりと見て、意次が首を振る。その手をそっと伸ばすと、息子の額に触れた。

意次の肩が震える。

「なぜ、このような……」

加門はぐっと手を握った。言葉を探るが出てこない。

草太郎が首を伸ばし、意知を覗き込んだ。口を開きかけ、すぐに閉じた。呼びかけるのがよいのかどうか、迷って手を握る。

障子を透した陽射しが徐々に強まっていく。

意知の弱い息づかい以外は、音がない。

加門は横目で意次を見つめた。

刻まれた皺が小さく震えている。

草太郎が顔を上げる。廊下から静かながらも、足音などが響いてきた。家人や家臣が起き、動き出したらしい。

意次が顔を向け、

「すまぬな」

と、つぶやいた。

なにを、と加門は首を振る。

「殿」

家臣が障子を開け、水を持って入って来る。

側室で御部屋様と呼ばれている早代も続いてやって来た。

「薬湯をお持ちしました」

意知の生母は、すでに世を去っていた。

意知の妻がうつむきがちに入って来た。昨日、芝居を見に行っていたことをうしろめたく思っているようだった。事が起きたあと、家臣が慌てて芝居小屋に迎えに行ったため、その場にいた人々にも惨事が知られてしまったのだ。噂はまたたく間に広がり、江戸中に知れ渡るのが明らかだった。

人の出入りで居眠りをしていた医者も目を覚まし、布団に膝行してくると意知の顔を覗き込んだ。とりつくろうように脈をとるが、厳しい顔つきになり、うつむいたまま顔を上げない。

「殿」

家臣の声がかかった。

「意正様、いえ、水野忠徳様がお見えになりました」

言い終わらないうちに、足音が駆け込んで来た。

「兄上」

入って来た忠徳に、加門と草太郎は場所を空けて隅へと移る。

「兄上、わたしです」

意次の隣で、忠徳は意知を覗き込む。

忠徳は意次の四男だ。長男意知とのあいだに二人の男子がいたが、幼い頃に亡くなっていた。忠徳は水野家に養子に入ったのちも、しばしば田沼家を訪れていた。田沼家とのつながりを深めたい父水野忠友の意向でもあった。

忠徳は医者を見る。

「ようすはどうなのだ」

付いていた医者は背筋を伸ばした。

「手を尽くしております。が、出血があまりにも多く、まだ、なんとも……」

「肩はまだしも、脚を斬られたことが……」

もう一人も言う。忠徳は、

「斬った者は殺すつもりであった、ということか」

声を荒らげた。

意次は息子に向かって制するように手を向けた。

「医者が悪いのではない、二人ともよくやってくれている」

は、と忠徳はかしこまった。

意次は廊下に控えている家臣に顔を向けた。

「登城する、支度を」

登城、とつぶやいて加門は近寄った。

「このようなときだ、出仕せずとも……」

いや、と意次はゆっくりと立ち上がった。

「上様にお許しを乞わねば……」

出て行く意次を、加門と草太郎は見送り、親子は頷き合った。

大手御門をくぐる意次に、加門と草太郎も間合いをとって続いた。

意次の姿に、人々は慌てて道を空けて低頭する。

加門と草太郎はずっと遅れて同じ道を進んだ。加門は、聞こえてくる声に、耳をそばだてた。

「なんと、登城されるとは」

というささやきが聞こえてきたためだ。

「御子息が斬られたというのに……ずいぶんな深手だったというではないか」

冷ややかな物言いに、加門は息を呑み込んだ。

進むにつれて、つぎつぎに声が聞こえてくる。

「このような日に出仕されるとは、御子が心配ではないのか」

「御子よりも老中の座が心配なのだろう」

こそこそと、ささやき合う。

加門は目を見開き、眼だけを動かす。なんと、と手を握った。このように思われていたのか……。

しかし、これまで、そのようなあからさまな言葉を聞いたことはなかった。陰ではささやかれていたとしても、城中で口にするのは憚られる内容だ。

草太郎も驚きを顕わに、加門を横目で見た。

加門も目顔で頷く。同時に、いや、とその唇を嚙みしめた。人々の常だ……それまで口を閉ざし、封じていたことも、一人が口火を切るといっせいに溢れ出す。一人が悪意を剝き出しにしたせいで、封が解かれたということか……。

坂を上って行く意次の背を、加門は手を握りしめたまま追った。

城中の廊下を進む意次に、やはり人々は礼をしつつ、驚きの目を向けていた。さすがに口を開かないが、その眼は冷ややかだ。

意次は中奥へと入った。表の役人は軽々に入ることはできないが、御庭番はそもそも詰所が中奥にある。将軍や老中から直々の命を受けるため、別格ともいえた。

中奥に入ったところで、意次の足下が揺らいだ。

加門は走り寄ると、その腕をつかむ。

「大丈夫か」

ささやく加門に、意次は振り向いて目を開いた。

「そなた、いたのか」

うむ、と頷いて加門はそっと手を離す。

意次は背筋を立てて、体勢を戻した。その顔を、前に向けてまた、歩き出す。

その先にあるのは将軍の御座所だ。さすがにそこには近づけない。

廊下に控え、意次を見送りつつ、加門は耳をそばだてる。奥から声が漏れ聞こえていた。将軍家治の声だ。

「なにをしていたのだ」

穏やかで声を荒らげることのない家治の、初めて聞いた叱声だった。

「城中で、しかも若年寄に斬りつけるとは……皆、なにゆえに止めなかったのか」

返す言葉は聞こえてこない。

意次にも声が聞こえたようで、急ぎ足になった。

入り口で「上様」と低頭すると、御座所に入って入って行く。

「おお、主殿」

家治の声だ。意次の官名が主殿頭（とのものかみ）であったため、家重の代から将軍には主殿と呼ばれている。

加門は思わず廊下の隅に寄って耳を立てた。

「そなた、参ったのか」

将軍の言葉に意次が声を返す。

「は、こたびは不祥事（ふしょうじ）を招き、真に申し訳なきことと……」

「いや、仔細（しさい）は聞いた。いきなり斬りつけられたとなれば、意知に科（とが）はない、して、ようすはどうか」

「は……手を尽くしております。が、深手ゆえなんとも……」

意次の声がきっぱりとした響きに変わった。

「上様、かようなことに相成り、意知は御役目を果たすことかなわぬと存じます。ゆえに、御役御免をお願いに上がりました」

「なんと……」家治の声も低く変わる。

「いや、その必要はない。今は養生をいたすことが大事。ゆるりと休むがよい。主殿も下がってよいぞ」

意次の声は聞こえてこない。おそらく、深く頭を下げたのだろう。

加門はそっと息を呑み込んだ。

二

中奥にある御庭番の詰所に行くと、仲間が輪になって顔を付き合わせていた。

「お、加門殿」年を重ねた中村(なかむら)が顔を上げた。

「意知様のごようすはいかがか、聞かれたか」

うむ、と加門は草太郎とともに輪を割って入る。

「今朝、見舞って来たが、なかなかに……」

ふうむ、歪む皆の顔を加門は見渡した。

「斬りつけた者の仔細(しさい)は、わかったのだろうか」

「はい」娘婿の馬場兵馬が頷く。

「佐野善左衛門政言(さのぜんざえもんまさこと)という新番士(しんばんし)だったそうです」

「新番士」加門は拳(こぶし)を握る。

「まさか、そのような者が……」

新番士は将軍警護を担う番方(ばんかた)だ。書院番(しょいんばん)と小姓組(こしょうぐみ)の下につき、将軍の御成(おなり)のさいには、必ず警護として付き従う。書院番と小姓組は騎馬だが、その下の大番士と新番士は徒の身分だ。が、どちらも旗本だ。

「以前は大番士であったのが新番士となったそうです」

新番士は近年になって新たに設けられた役だった。

「すでに昨日のうちに小伝馬町の牢屋敷に移されたそうです」

ふうむ、と腕を組む加門に、若い明楽が身を乗り出した。

「わたしは佐野を見知っています」

なんと、と、皆の目が集まると、明楽は頷いた。

「去年、お鷹狩りで一緒だったのです。わたしはいくどかお供をしてたのですが、佐野政言もしばしば供をしていたので、顔と名を覚えました」

「ほう、そうであったか」

「はい、で、目黒と小松川には田沼山城守様も供奉されておられました」

「意知様が」

皆の問いに、明楽は頷く。

「はい。で、目黒のときに少し、気にかかることがあったのです」

「おう、なんだ」

「佐野政言は供弓の役を仰せつかっていたのです」

供弓はお鷹狩りにおいて、獲物を射ることを許された名誉ある役だ。

「して、見事、雁を一羽、射たのです」

ほう、と皆が頷く。

「そうであったか」

「はい、わたしは少し離れた所から、雁を誇らしげに掲げるようすを見ていました。ですが、その帰り道に……」

声を低めた明楽に、皆が首を伸ばす。

「ふむ、帰り道にどうした」

「はい、わたしは番士らのうしろを歩いていたのですが、佐野の声が聞こえてきたのです。雁を捕まえたのに、お褒めの言葉すらなかった、と仲間に不満げにつぶやいていました」

お鷹狩りでは、しばしば功労者に褒美が下される。

「ふうむ」中村が顎を撫でた。

「手柄を立てたゆえ、期待したのだな」

「だが」加門は眉を寄せた。

「そのような不満を口にするとは、分別のない」

ええ、と明楽も頷いた。

「雁一羽のこと……わたしも思わず横顔を見てしまいました。それで、覚えていたのです」

ううむ、と皆の口から唸り声が漏れる。

「ひがみ根性のある者、ということか」

「意知様がなにか関わったのでしょうか」

「それはわからんな」

「逆恨みかもしれん」

「うむ、ひがむ者は筋違いの怨みを人に向けるものだ」

皆が頷き合う。

「しかし」草太郎が口を開いた。

「たかがそれしきのことで、殿中で斬りつけたりするでしょうか。あの斬りつけ方は、命を奪わんとする意志が明らかでした」

む、と皆の口が閉じる。

「もしかしたら」孝次郎が上目になった。

「背後に命じた者がいるのでは……」

うほん、と制するように、咳払(せきばら)いがいくつも鳴った。

「われらに探索の命(めい)が下されるのでは……」

明楽の言葉に、加門は組んでいた腕を解いた。

「いや、まずは評定(ひょうじょう)だ。すでに詮議(せんぎ)ははじまっているだろう。斬りつけた当人が生きているのだから、詮議はまずそこからだ」

「うむ」中村がくいと顎を上げて、城表のほうを示した。

「さらに、その場には何人もの人々がいたというのだから、順に話を聞かれるに違いない。もうすでに、幾人か呼び出されているそうだ」

「なれば」と加門は皆を見渡す。

「おいおい仔細も明らかになってゆくであろう。だが我らもお城の内外で耳目(じもく)を働かせることだ」

そう言うと、立ち上がった。

「はい」

皆が、出て行く加門に礼をした。

詰所を出た加門は、表へと向かった。といっても、若年寄の御用部屋は、中奥のすぐ近くだ。

その前を通って、加門は廊下を進む。すぐそこに新御番所がある。新番士の詰所だ。襖の開いたその部屋を、加門は横目で窺った。ここで待ち構えていて、意知殿が通ったのを見てから、飛び出したのだな……。

部屋に詰めている新番士は少ない。詮議のため、呼び出しを受けているに違いなかった。

加門はすぐ前の桔梗間に足を進める。

中では御家人らしい役人らによって、畳の取り替えが行われていた。柱の前にも人がいる。

加門は入って行くと、柱を覗き込んだ。刀傷がつけられている。

「これはどうした」

加門の問いに、役人は手を止めて振り返った。

「これは昨日の刃傷で、二の太刀が喰い込んだそうです」

二の太刀……。と加門は胸中でつぶやく。そうか、肩を斬りつけ、その後の二の太刀がここに当たったのだな……。

加門は隣の中間に進んだ。ここでも畳の取り替えが行われている。

肩を切られた意知殿は、刃を鞘で防ぎつつもここに逃げ込んだ。それを佐野が追った、ということか……。

歯がみをしながら、加門は次の羽目間に踏み込んだ。

昨日、加門も飛び込んだ、意知の倒れていた部屋だ。血で染まっていた多くの畳は運び出され、血飛沫の飛んでいた襖もすでに外されている。

執拗に追い、斬りつけたのだな……。加門は血まみれだった部屋を思い出しながら、拳を握った。

加門は隣の部屋を見る。

若年寄三人が寄り添って、呆然と見ていた情景が甦る。

そうか、と加門は思う。若年寄四人が連れ立って御用部屋を出て、そこに佐野が斬りつけた。襲われた意知を残して、三人は逃げた、ということか……。

三人の怯えて引きつった顔が、思い出された。刃傷沙汰など、見たこともなかったに違いない。

しかし……もっと早くに止められなかったのか……。くっ、と息を呑み込んで、加門は足音を立てて踵を返した。

御用屋敷に戻った加門は、奥の部屋にこもっていた。

「旦那様」廊下から妻の千秋(ちあき)が入って来る。

「草太郎がまだ戻らないのですけど、夕餉(ゆうげ)の支度をしていいでしょうか」

そう言いながら、横から覗き込む。

「なにをしておいでですか」

うむ、と加門は顔を上げた。

「針と糸などを揃えていたのだ。お城に置いておこうと思うてな」

ああ、と千秋は頷く。

すぐに傷口を縫えていれば、と加門は口を歪める。千秋はそれを察したように、小さく頷いた。昨日の出来事は、すぐに御用屋敷中に知れ渡っていた。

さて、と加門は立つ。

「草太郎はじきに戻るだろう、夕餉にしよう」

そう言って廊下に出ると、玄関の戸が開いた。

「遅くなりました」草太郎が上がって来る。

「父上、今、聞いて来た話なのですが、あの佐野政言……」

そう言いつつ、母と娘の手を引いて出て来た妻の妙(たえ)を見て口を閉ざす。

ふむ、と加門は息子を見た。

「かまわんだろう、御用屋敷の皆、いや、すでに江戸中が知っていることだ」

加門は歩き出して振り向いた。

「着替えてこい、夕餉の膳だ」

はい、と草太郎は奥へと早足で行った。

膳に着くと、草太郎は父へと顔を向けた。

「あの佐野政言ですが、〈鉢木〉の佐野源左衛門の子孫だと語っていたそうです」

「〈鉢木〉の……」

「はい、有名な謡曲だそうですね、わたしは先ほど、くわしく聞いてきたのですが、父上は知っておられましたか」

「うむ、吉宗公の頃に、浄瑠璃で演じられ、義太夫やらなにやらでも広まったからな。元禄の頃には、近松門左衛門が浄瑠璃にして、大当たりを取ったと聞いたことがある。それ以来、いろいろに演じられているのだ」

千秋も口を開く。

「わたくしもずっと昔に、父から話を聞いたことがあります。いかにも武家に好まれそうな話だと、聞いて得心いたしました」

まあ、と妙が首を伸ばす。

「どのようなお話なのですか」

うむ、と加門は取り上げていた箸を置いた。

「鎌倉様と呼ばれた北条時頼の話だ。確かもう四百何十年も前の」

「鎌倉の執権だったのですよね」千秋が言う。

「で、隠居して出家した、と」

「そうだ、で、僧となって方々を旅し、上州に入った。そこである寒い日、あばら屋に一夜の宿を乞うたのだ」

「そこが」草太郎が身を乗り出す。

「佐野の庄だったのだ。で、あばら屋の主は自分は鎌倉武士であると語る。元は広い領地を有していたのだが、親族の争いで土地を奪われ、落魄してしまったのだ、と身の上話をするのだ」

「その僧が鎌倉の北条様だとわかっていたのですか」

妙の言葉に、草太郎は首を振る。

「いいや、佐野はみすぼらしい僧としか思っていなかったのだ」

「うむ」加門は頷く。

「そこが話の柱となるところ。知らぬまま、鎌倉にいざということがあれば、真っ先に駆けつける所存である、と佐野源左衛門は語るのだ」

まあ、と妙は目を見開く。

「それで、だな」草太郎は指を立てる。

「その日は寒かった。しかし、薪がない。佐野源左衛門は僧をもてなすために、植木を焼くことにしたのだ。落ちぶれる前に大切にしていた鉢植えの松、梅、そして桜の枝を切って、薪にしてくべたというわけだ」

「ああ、それで鉢の木、ですか」

「そうだ。で、話は翌年になる。鎌倉様が臣下の武士に参集を呼びかけたのだ。いざ鎌倉、と大勢の武士が集まった。その中で、真っ先にやって来たのは、痩せて老いた馬に乗った佐野源左衛門であったのだ。そこで初めて、佐野源左衛門は家に泊めた旅の僧が北条時頼様であったことに気づく。時頼様も佐野源左衛門に気づき、労ってな、褒美に三箇所の領地を下された。あの折に焼いた鉢の木にちなんで、加賀国の梅田庄、越中国の桜井庄、そして上野国の松井庄だ。再び領地を得て、佐野源左衛門は意気揚々と国に帰った、という話だ」

ね、と千秋が微笑んで妙を見る。

「武士の意気込みや忠義などが語られた、殿方がお好きそうなお話でしょう」

「はい」妙も目顔で笑みを返す。

「人気となったのがよくわかります」

　ふうむ、と加門は口を曲げた。

「佐野政言は、その佐野源左衛門の子孫だと名乗っていたのか」

「はい、大番士であった頃も新番士となっても、その話を誇らしげに語っていたと、御番所のお人らは言ったそうです。ただ……」

　草太郎は眉を寄せる。

「先ほどそれを教えてくださった西村様は、〈鉢木〉は真のこととは思えぬ、調べてみる、とおっしゃっておられました」

「ふむ、そうか。西村殿は謡や浄瑠璃をよく知っているし、歴史話にも通じている。なにかわかれば、また教えてくれるだろう」

　はい、と草太郎は乗り出していた身を元に戻した。

　加門は再び箸を取ると、千秋を見た。

「明日の朝餉は早めに頼む」

　草太郎はその父を横目で見た。

三

いつもより早い朝餉を加門とそそくさとすませ、加門と草太郎は御用屋敷を出た。

田沼家の屋敷は、外濠(そとぼり)の内側にあり、御用屋敷からもほど近い。

「意知殿、大丈夫でしょうか」

「うむ、持ち直してくれればよいが……」

加門は血だまりを思い出して、眉を寄せた。

裏門へと近づくと、二人ははっと目を瞠(みは)った。

急ぎ足で二人の家臣が出て行く。それを追うように、また家臣が走り出た。

草太郎が駆け足になり、加門もそれに続いた。

開け放たれた裏門から走り込むと、庭へと向かう。と、そこに見知った家臣が早足でやって来た。

「待たれよ」

呼び止めた加門に、家臣が、あっと足を止めた。

「宮地様……」

低頭する家臣に、加門が寄る。と、家臣は歪んだ顔を上げた。

「若殿……意知様が……身罷られました」

加門と草太郎は息を呑む。そのまま立ち尽くす親子に、家臣は再び低頭して「失礼を」と去って行った。

口を動かすが言葉の出ないまま、加門と草太郎は庭を進む。

意知の寝かされていた奥の部屋に近づくと、声が聞こえてきた。女人の泣き声だ。妻と側室らの声だろう。

半分開けられた障子の奥に、家人らが集まっているのが見える。囲まれた布団に寝かされた意知の顔には、白い布がかけられていた。枕元で、意次がうなだれている。身体が小さく見える。

加門と草太郎は、呆然としつつ自然に手を上げ、合わせていた。

草太郎の唇は震え、手にもそれが伝わっていく。加門も手の震えを押さえつつ、瞑目した。と、その顔を上げた。

「宮地様」

廊下からの声は、家老の三浦庄司だった。

膝をついた三浦に、二人は寄って行った。

「いつ……」

という加門の問いに、三浦は、

「明け方でした」

掠れ声で応える。

泣き声はまだ続いている。

三浦は手を上げて、部屋を示す。

「どうぞ、お上がりを」

加門は息子と横目を合わせて、小さく首を振った。

「いや、我らは遠慮しておこう」

悲しみにくれる家人らに、気を遣わせたくない。

加門は三浦を見つめた。

「殿を、お支えしてくれ」

はい、と三浦は頷く。

「我ら家臣、心して……わたしはのちほど、名代としてお城と評定所にお知らせにあがります」

「そうか」加門は間近の城の石垣を見上げる。

「だが、評定所とは……そちらにはお城から知らせがいくであろう」

「あ、それは……別にお伝えせねばならぬこともできまして……佐野政言という男、当屋敷に参っていたことがわかったのです」

「なんと、それはどのような……」

言いかけた加門の声を、別の声が遮った。

「三浦様」

廊下の向こうから、家臣がやって来る。

腰を浮かせた三浦に、加門は、

「昼にまた参る」

と、ささやく。「はい」と三浦は頷くと、呼ばれたほうへと歩き出した。

いま一度、奥の部屋に向かって低頭すると、加門と草太郎はそっと裏門へと戻った。


御庭番の詰所で、加門と草太郎は黙って文机に向かっていた。筆を取るでもなく、ただ瞑目していた。

そこに、出仕した仲間が入ってくる。

西村がそっと加門に近寄ると、耳元でささやいた。

「意知様は亡くなられたようですな」

顔を上げる加門に、西村は目顔で頷く。

「田沼様のお屋敷をひとまわりしてきたのだが、ただならぬようすであったゆえ」

加門も目顔で頷き返す。

「やはり」と西村は横に座ると、苦々しく顔を歪めた。

「佐野めが。なんという愚かしいことを……」

加門は膝をまわして西村と向き合った。

「佐野は〈鉢木〉の佐野源左衛門の子孫だと言っているそうだな。真なのか」

いや、と西村は眉を寄せる。

「昨夜、調べたのだが、そもそも〈鉢木〉の話自体が作り物と思われる。鎌倉の時代を書いた『増鏡』や『太平記』には、そのような話はまったく記されておらぬ。第一、北条時頼が諸国を旅したという話そのものも、真のこととは思えぬ。時頼は出家したものの、鎌倉で息子を後見していたし、三十七の歳に病で死んでいるのだ」

「そうなのか」

「うむ、鉢の木を燃やしたというのは、どこかに由来となる話はあったのかもしれぬが、はっきりとはせぬ。それに北条時頼は真にいたお人だが、佐野源左衛門のほうは、いたかどうかもわからぬのだ。上州に佐野という一族がいたのは確からしいが」

　ふうむ、と加門は口を曲げた。

「名のある武将や名門の血筋を名乗るのはよくあることだが」

「うむ、徳川家とて源氏の末裔を称しておるし、平氏や藤原を名乗る家も多い。出世ののち、家系図をそれで作り直すのも普通のことだ」

　うむ、と加門は頷く。

「おそらく何代か前の祖先がそう名乗り、それを受け継いでいるのであろう」

　そう言いながら、窓を開けた。

　吹き込んできた風を、加門も西村も深く吸い込んだ。


　昼過ぎ、田沼家の屋敷を訪れた加門を、三浦は客間へと招き入れた。

「殿のごようすはどうだ」

　加門の問いに、三浦は目を伏せる。

「それが、意知様をお棺に収めたあと、倒れられまして……」

「倒れた」

「あ、いえ、医者が言うにはこの二日、寝ておられなかったのでそのせいであろうと……今は奥でお休みになっておられます」

そうか、と加門は眉を寄せると、会って言おうと思っていた悔やみの言葉を呑み込んだ。

「今夜はお通夜になるのであろう、無理をせぬように気を配ってくれ」

「はい、ですが」向き合った三浦は声を低めた。

「お通夜は控えめにすることに……お城でも評定所でも、意知様の死去はまだ公にせぬ、と……評定が進むまで待つように言われました」

む、と加門は口を曲げた。

「そうか……詮議はそう簡単には終わらぬしな。して、佐野のことだが、こちらに参ったという来訪者は確かか」

「はい、来訪者は名を控えてあります。それに、わたしは意知様から話を聞きましたゆえ」

「意知殿から……佐野と会ったということか」

「はい、佐野は以前に殿に面談して、出世の望みを言ったらしいのです。なれど、佐野は家門の自慢をするばかりで、お役目に関してはなんの考えもなかったようで、殿がどうしたものか、と困ったようすであったのを覚えています」

「出世の願いか、新番士から書院番か小姓組に上げてほしい、とでも言ったのかもしれんな」

「おそらく、そのようなことかと……その折、佐野は家系図を持参したようです。佐野家の家系図を渡された、と意知様は困惑されていました」

「家系図、それは佐野源左衛門が祖先だというものか」

「はい。佐野家は元は源氏の流れを継いだ足利氏の血筋であると誇り、こう言ったそうです。田沼家は佐野家の家臣だったはずだ、それを認めるように、と」

は、と加門は口を開いた。

「佐野家の家臣……」

「はい、田沼家は上州の田沼邑の出であろう、なれば佐野家の家臣であったに違いないと」

加門は開いていた口を動かす。

「なんと……それははっきりとせぬことと、意次から聞いたことがあるが……上州の出かもしれぬがよくわからぬ、武田氏などの武将に仕えたようだが、紀州の吉宗様にたどり着くまでのことは定かではない、と」

「はい、わたしもそう伺っています。もちろん、意知様もそれはご存じで」

「そうであろう。そもそも、意次にとっては家名や血筋などどうでもよいこと。むしろ、そうしたものへのこだわりはつまらぬことと考えている。それゆえ、田沼家は出自にこだわらず、人の才と人柄で家臣としているのではないか」

はい、と三浦は面映ゆそうな面持ちで頷く。三浦自身の出自も低い。

加門は首を振った。

「さらにすでに老中、若年寄という出世を遂げられているお家に、いまさら家名など、いるものか。それも、源氏などの名門というならばともかく、佐野家の家臣などと……」

「ええ」三浦も頷く。

「意知様も困られて、わたしに話されたのです。わたしは思わず笑ってしまいました。なので、覚えていたのです」

ふうむ、と加門は顔を歪めた。

「なんとも筋違いな思惑ではあるが、佐野にとっては真剣であったのだろう」

腕を組む家門に、三浦も眉を寄せた。

「相手にされなかった怨み、ということでしょうか。いや、とんだ逆恨み、お門違いも甚だしいことですが」

ううむ、と腕を組む。

「そうかもしれぬ。人の心の内というのは、ときに計り知れぬものがある。筋の通らない考えを持つ者もいるものだ」

ええ、と三浦は頷く。と、その目を廊下へと向けた。

足音を忍ばせながらも、家臣らが慌ただしく行き交う音がする。通夜の支度に追われているのだろう。

「いや、忙しいところを邪魔してすまないことであった」

加門は腰を上げた。

「わたしはお通夜には顔を出せぬが、明日、また参る。殿にはそうお伝えしてほしい」

御庭番は仲間以外の家とのつきあいを禁じられている。婚儀や葬儀などの公の場には、出ないのが倣(なら)いだ。

は、と三浦も立ち、玄関まで加門を見送った。

加門は裏門から出ると、重く沈んだ屋敷をそっと振り返った。

四

翌日。

御庭番の詰所で、皆が膝をつき合わせた。

古坂(ふるさか)が、仲間の顔を見渡しながら、口を開いた。

「つきあいのある評定所の役人から聞いたのだが、新番士は一人ひとり呼び出されて話を聞かれたそうだ。あの日、意知様が通ったのを見て、佐野は刀を抜いて飛び出したらしい。が、それを誰も止めなかったというのだ」

「ふうむ、なにが起きつつあるのか、考えもつかなかったのではないか」

西村の言葉に、野尻(のじり)も頷く。

「若年寄も呼び出されていると聞きました。意知様とともにいたというので、話を聞かれているようです。さらに、逃げるばかりで止めなかった、というのを咎(とが)められているようす……しかし、そのようなことが……」

加門は首を小さく振った。

「うむ、若年寄の三人が呆然としていたのは真だ。とっさのことに、我を失っているようすであった」

ふう、と皆の息が漏れる。

「まさか、殿中で刃傷沙汰が起きるとは、我らも普段は思うておらぬしな」

「はい」若い者らが頷き合う。

「吉良上野介などの刃傷話は知っていますが、まさか、そのようなことが真に起きるとは、思っていませんでした」

「ええ、日頃、お城の皆様を見ていますと、諍いによる抜刀など、されたことがないのではないかと思います」

それぞれが目顔で頷き合う。

「確かに、お城務めの者は番方といえど、刀を振るう事など起きぬからな」

「しかし、それでは武士としての面目が立たないのでは……」

武官である番方は、文官の役人よりも格が上、というのが武士のあいだに染みついた考え方だ。

孝次郎のつぶやきに、年長の中村が口を歪める。

「うむ、そこはお咎めを受けるであろうな。最初に止めに入ったのが、七十歳になる御仁であったというのは、なんとも許しがたいことであろう。まだこの先、ほかの方々も吟味されるであろうな」

「うむ、近くにいたお人らも呼び出されることであろう」

加門は言いながら腕を組んだ。これだけの大事だ、評定には時がかかるだろう……。

「当の佐野はなんと言っているのでしょう」

孝次郎の問いに、古坂は首を振る。

「まだそこは伝わってきていない。どのような言い分か、申し開きをしているのかどうかもわからん」

ふうむ、と皆は眉を寄せる。

「いずれにしても、許せん」

西村の声に怒気が混じる。

御庭番と田沼家は、ともに吉宗公に連れられて江戸に来た仲間であるため、情が通じている。

「なれど……」孝次郎がおずおずと皆を見た。

「佐野が一人でやったことなのでしょうか」

む、と皆は口を結んで押し黙る。城中で軽々に話すことではない、と年長者の目顔が制する。それを読み取って、孝次郎は首を縮めた。

その静寂を、太鼓の音が破った。午の刻（正午）を知らせる音だ。

加門は腰を上げる。

「わたしは用事があるゆえ、失礼する」

皆も、それぞれに動き出した。


神田橋御門の内側にやって来ると、加門は隅に寄って立った。

昼は人の出入りがさほど多くない。

門を見つめる加門の目に、足早に入って来る人影が映った。草太郎だ。

「父上、お待たせしました」

息を整える息子に、

「なに、今、来たばかりだ」

と、加門は歩き出す。

「して、できていたのか」

「はい」

横に並んだ草太郎は、少し膨らんだ懐を手で押さえた。

その足で田沼家の裏門から入って行く。

廊下を足早に行き交う家臣らは、皆、強ばった面持ちだ。葬送の用意に追われているのが見てとれた。

「これは宮地様」

家臣の一人が駆けつけ、二人を奥へと通す。

座敷で待つと、しばしの間を置いて意次が重い足取りで入って来た。

互いに目顔を交わすと、意次はゆっくりと向かい合った。

やせた……。と、加門は唾を呑み込む。ふたまわり、小さくなったように見える。

加門は開きかけた口を、閉じた。通例のお悔やみ言葉を用意していたものの、それを口にする気は失せていた。

意次はその加門の気持ちをくみ取ったかのように頷いた。

「昨日も……来てくれたそうだな、かたじけない」

「いや……通夜葬儀には顔を出せぬゆえ、陰ながら手を合わせに来たまで……まさか、このようなことに……っ」

加門が溜息を吐くと、意次も肩で息をした。

言葉は出ず、ただ息だけが漏れる。

草太郎はそっと懐に手を入れると、木箱を取り出した。

それを前に置き、蓋を開ける。

意次が目を向け、「矢立だな」とつぶやいた。

「はい」草太郎が頷く。

「意知殿の築地のお屋敷ができた祝いにと、作らせたのです。これを……」

草太郎の声が震える。

「お……意知殿の……お棺に……」

声が嗚咽に変わった。

加門も喉が震え、ぐっと拳を握りしめる。

意次は親子を交互に見て、小さく頷いた。その両の目から、はらはらと涙が流れ落ちた。

それを拭いもせず、意次は肩を上下させる。

「いや、すまん、どうにも……」

加門も首を横に振りながら、堪えきれずに溢れた涙を手で拭った。

意次は草太郎を見て、顔を奥へと向けた。

「あちらに意知がいる。葬列の支度で人がいるが、かまわん、棺に入れてやってくれ。意知も喜ぶであろう」

はい、と頷いて、草太郎は父を見た。加門が、

「わたしもあとで行く」

と言うと、草太郎は木箱を両手に包んで立ち上がった。

加門は声を整えて意次を見た。

「今日、寺へ移すのか」

「うむ」意次は目を伏せる。

「あちらでひっそりと葬儀を行う。夕刻には出る」

武家の葬儀は夜に行われるのが慣例だ。

「そうか、死去の公表がいつになるか、まだ決まっておらぬようだしな」

「ああ、いまだ詮議や吟味が続いているのだろう。こうなれば、意知は早くゆっくりと休ませてやりたい」

力なく握る意次の拳を、加門は見た。筋張った手は、微(かす)かに震えている。加門は胸の内でさまざまな言葉を探すが、どれも浮かんでは消えていった。今、かけられる言葉などない……。加門は息を吸うと、腰を浮かせた。

「では、わたしも線香を上げさせてもらう。そのまま草太郎と帰るゆえ、そなたは休んでくれ」

うむ、と意次が顔を上げる。光ったままの眼が、加門に礼を言っていた。

五

加門は番町の道を歩いていた。

城の北に位置するこの地には、旗本屋敷が多い。

ある門の前で、加門は足を緩めた。

ここか……。横目で門を見ながら、ゆっくりと通り過ぎる。門は閉ざされて、屋敷の内からは、物音一つしない。佐野政言の屋敷だ。

昨日で三月が終わり、四月の一日になっていた。

先ほどまでいた御庭番の詰所で聞いた言葉が耳に甦る。

〈佐野は二十八歳だということだ。分別を知らぬ歳でもあるまいに〉

御庭番仲間は、それぞれに聞き知ったことを披露した。

〈子はいないらしいですね〉

〈正室は同じ番士の村上義礼という旗本の妹だということだ。この義兄は書院番への昇格が決まっているらしいぞ〉

〈へえ、それで己も出世を焦り、田沼様に頼もうとしたのでしょうか〉

〈それで家系図を持ち込んだと……詮議では、それを返してくれぬゆえ、立腹したと申しているそうだが……〉

〈ああ、それは……〉

と、加門は口を挟んだ。家老の三浦から聞いた話を、皆に説明する。

〈ほう〉と仲間は得心(とくしん)したように頷いた。

〈しかし、お門違いも甚だしい〉

〈うむ、田沼様、いや、我らとて同じ……吉宗公に従って江戸に出て、一からはじめたのだ。血筋や家名などにこだわるものか〉

皆とのやりとりを思い起こしながら、加門は佐野家の塀に近寄って行く。耳を澄ませるが、やはり人の気配は伝わってこない。主の突然の暴挙に、屋敷の者は皆、息をひそめているに違いない。

加門は道の前方を見た。一人の武士がやって来ていた。が、佐野家から顔をそらすようにして、間を置いて歩いて行く。

それはそうか……。加門は苦笑をかみ殺してすれ違った。

向かいの屋敷も、隣の屋敷も、固く門を閉ざしたまま静まりかえっている。

騒ぎを起こした者とは関わりたくない、と思うのが人の常だ……。加門は胸中で独りごちながら、番町の角を曲がり、南へと戻りはじめた。

田沼家の屋敷も、やはり静まりかえっていた。

奥へと通された加門は、その静寂のなかで端座した。が、すぐにゆっくりとした重い足音が近づいて来た。

いや、と加門は障子を見る。これでも、少しはよくなったか……以前の力強い足捌きとはほど遠いが……。

障子が開き、意次が入って来た。

「すまん、待たせたな」

「いや、さほど待ってはおらぬ」

そう言いつつ、向かいに座った意次を見て、加門は「ほう」とつぶやいた。

「少し、顔色がよくなったな」

うむ、と意次が目元を弛める。

「そなたの持って来てくれた薬を煎じて、言われたとおり、日に三度、服んでいる。それが効いたのだろう、少しずつ、膳の物がとれるようになった」

「そうか、それはよかった。あれは補気薬といって、気を補う薬なのだ。もう少ししたら、次は気血の巡りをよくする薬に変えよう」

「それはありがたい、実はな」意次は顔をまっすぐに上げた。

「明日、意知の死去を公表すると、お城から使いが来たのだ。公になれば、もうわたしも屋敷にこもる必要はない。三日から、登城するつもりだ」

城中ではすでに意知の死が広まっている。が、公には伏せられているため、意次も出仕は控えていた。

「そうか」

うむ、と意次はゆっくりと背筋を伸ばした。

「いつまでもこうしてはおられぬ。仕事が山ほどあるのだ」

言いつつ、微かな微笑を浮かべた。

「実はな、意知の夢を見たのだ。無念さを滲ませていてな、その気持ちが伝わってきた。多くのやるべき仕事を残してしまった、と……ゆえに、わたしがいつまでも呆けているわけにはいかぬ」

意次は立ち上がると、襖を開けた。

「線香を手向けてやってくれ」

加門も続いて奥の部屋へと進む。

仏壇には、漆塗りの位牌のなか、一つだけ白木の仮位牌があった。

意次に差し出された線香に火をつけ、加門はそっと香炉に差した。

手を合わせ瞑目した加門は、その目を開いた。

「香りのよい線香だな」

ああ、と意次が答える。

「意知のためにと、大奥から贈られたのだ」

ほう、と加門は意次の横顔を見た。ずっと以前、西の丸御殿にいた頃が思い出される。家重が世子だった頃、小姓をしていた意次は大奥ともうまくつきあっていた。家重が将軍となり、西の丸の大奥が本丸に移ると、本丸の大奥の人々とうまくいくように取りなしたのも意次だった。大奥の人々は意次を信頼し、頼りにしている。

「そなたはお女中らを、女人だからと見下すことがないからな」

加門の言葉に、意次は「ふむ」と小首をかしげた。

「女人とて男と同じ、意気のあるない、才のあるないは、男女に違いはないと思うているからな」

そうか、と加門は頷いた。

「そういえば、そなたの母上は才あるお方だったな。それゆえ、女人の見方に偏りがないのかもしれぬな」

意次の母の辰は郷士の家の生まれだった。その美貌と才覚は評判で、それを知って養女としたのが田代家だった。田代家と田沼家は親戚であったため、そこから意次の父意行の妻となったのだ。

「ふうむ」意次が天井を仰ぐ。

「そういえば、母は難しいことをするのがお好きであった。琴でも難曲といわれるものほど、熱心に修練を重ね、ものにしていた。人は常に前に進むべきもの、怠ってはなりません、とよく言われたものだ」

ほう、と加門は目を細める。

その妻を、意行はそれは大切にしていたのを思い出す。吉宗から側室の一人を下げ渡されたものの、別に屋敷を建て、指一本触れずにいた誠実さだった。息子の幼名には龍助とつけ、その名は意知にもその子にも受け継がれた。

加門は心中で頷き、意次を見た。そうした親に育てられたゆえ、このような捻れのない人柄になったのだろう、そしてそれが、出世の道を作り……人から妬まれもした……。

加門は声を低めた。

「意知殿の逝去を公表するということは、佐野の詮議が終わるということであろう。そなた、どう思うている、佐野一人の暴挙なのか……それとも、ほかの者の意図も動いていたのか……」

意次は歪めた顔を振った。

「さあな……わたしを怨む者は多くいるであろうから、わからぬ。詮議によって明らかになるのであればそれもよし、わからずとも、もうよい。それが明らかになったところで、意知が戻るわけではない……」

意次が唇を嚙んだ。その声が震える。

「なにも意知を斬らずとも……わたしを殺せばよいものを……」

加門は顔を伏せた。

意次の握った拳が震えるのが目に入った。

「意知が……不憫でならぬ」

畳につうっと涙が落ちるのを、加門は目で追っていた。

六

四月二日。

田沼山城守意知の死去が公にされた。

翌三日。

佐野政言に沙汰が下された。

「切腹だそうだ」御庭番の詰所に古坂が駆け込んで来た。

「今、評定所の役人に聞いてきた」

その言葉に、皆が顔を上げた。

「切腹か……旗本の面目を守ったということだな」

中村がつぶやく。

そのうしろから兵馬が進み出た。

「ほかに、罰を受けた人はいないのですか」

うむ、古坂が頷く。

「その場にいた新番士や若年寄、目付の方々は七日に沙汰が下りるそうだ」

「そうではなく……」

　と、つぶやく兵馬の横に、孝次郎も膝行して進み出た。

「佐野が一人で及んだ暴挙、ということですか」

「うむ、そうだ。佐野は家系図を取られたゆえの怨み、などと言うていたそうだが、結句、乱心ということで裁可が下されたのだ」

「乱心……」

　兵馬と孝次郎が顔を見合わせる。

「我らには、もう……」草太郎も顔を上げた。

「探索の命が下されることはないのでしょうか」

「ないな」古坂が静かに腰を下ろした。

「これで落着だ」

　草太郎は、孝次郎、兵馬と目を合わせる。若い顔が不満げに歪んだ。

　そこにまた足音が駆け込んで来た。西村だ。

「牢屋敷の役人に聞いて来た、佐野がすでに切腹したそうだ」

　再び顔を上げた皆を、野尻が見まわす。

「沙汰を告げられてすぐに、入っていた揚がり座敷の前の廊下で切腹したそうだ」

皆が目を交わして、息を吐く。

「切腹をしても、意知殿が戻るわけではなし」

「うむ、才人を失えば御政道にも痛手であると、わからなかったのか」

「これで落着とは……どうにも、すっきりとせん」

交わされる言葉を聞きながら、加門は立ち上がって窓を開けた。

吹き込む風に目を細め、それを空へと向ける。

空は厚い雲に覆われていた。

夕刻。

屋敷に戻った加門の元に、草太郎がやって来た。

「父上、孝次郎殿と兵馬殿が話をしたいとやって来たのですが、よいですか」

「ふむ、かまわんが」

では、と背を向けた草太郎は、すぐに二人を伴って戻って来た。

加門と向き合って、三人が並ぶ。草太郎以外は義理の息子だ。

「父上」と孝次郎が身を乗り出す。

「佐野の一件は、これで決着なのでしょうか。わたしは佐野を操った者がいると思うのですが」

「はい」兵馬も続ける。「たきつけた、ということかもしれません。佐野は家系図うんぬんと言っていたようですが、それだけのことで殿中の刃傷、それも命を奪うまでするでしょうか」

ふうむ、と加門は眉を寄せる。

「しかし、道理に合わぬことをする者は、道理に沿わぬ考えを持つものだ。常の筋道からは、外れていても不思議はない」

「ですが」孝次郎が膝で進む。

「わたしは見たのです。意知様が斬られた翌日、松平定信侯が笑っているのを」

「む、どこでだ」

「城中です。本丸を出て坂を下りたところで、一橋様と定信侯が並んで西の丸に向かって歩いて行くのに出くわしました。わたしは気になって、あとを付いて歩いたのです。話の内容は聞き取れませんでしたが、二人は言葉を交わしていて、定信侯は声を上げて笑ったのです。一橋様がたしなめていたようですが」

む、と加門は顔を歪めた。

「わたしも見ました」兵馬が上体を乗り出す。

「意知様が亡くなられて、その噂が城中に広まっていたときです。松の廊下を定信侯が本多様と歩いていたのですが、やはり、笑い声を立てたのです。それも、さも愉快そうに。城中は、意知様の死を慮(おもんぱか)って静けさを保っていたというのに……」

ううむ、と加門は腕を組む。

「父上」草太郎が声を強めた。

「佐野の背後には定信侯がいた、とは考えられませんか。かねてより怨みを抱いていた田沼様に対して、それを晴らした、と……」

加門は三人の顔をゆっくりと見た。

「真を申せば、わたしもそれは考えている。あのお方は、正直、なにをするかわからんところがある」

加門は、定信の睨(ね)めつけるような眼を思い出していた。

「それに」兵馬がさらに膝行する。

「佐野はお鷹狩りのさいの不満を憚ることなく口にしていました。あの場だけでなく、城中でも、いえ、外でも言っていたかもしれません」

「そうです」孝次郎がそれを受けた。

「それを思えば、田沼様に出世を願い出たものの叶わなかったこと、不満として話したとしても不思議ではありません」

「それを」草太郎が頷いた。

「耳に挟んだ定信侯が利用した……自ら接することはせずとも、家臣を近づけさせればよいのです。それで、たきつけた、と」

「ええ」孝次郎も頷き返す。

「城中でも、佐野の名とともに定信侯の名をささやく声を聞きました。そう思っているのは、我らだけではないはず」

「そのこと」草太郎がきっと顔を上げる。

「明らかにできないのですか。我らに探索の命が下されれば、明らかにできるやもしれません。御老中であれば命を下すことができるのですから、田沼様が……」

む、と口を噤んで、加門は天井を見上げた。

三人の目が集まるなか、加門は顔を戻した。

「佐野の乱心、という落着が御公儀の判断だ。それはもう覆ることはない。仮に定信侯が裏で動いていたとしても、それを明らかにすることはないだろう」

え、と不満げに顔を歪める息子らを、加門は順に見つめていく。

「事の大きさからして、関わっていたのであれば、お家はお取り潰しだ。松平家のお取り潰しとなれば大事……おまけに定信侯は徳川家の出だ、徳川家にとっての汚点ともなる。御公儀そのものを揺るがしかねないのだ」

三人が顔を見交わす。

加門は目を伏せた。

「田沼様もそれを承知の上で、呑み込まれたはずだ」

意次の目から畳に落ちた涙を、思い出していた。

三人の口から息が漏れ、上がっていた肩が下がっていくのがわかった。

「そうですか」

口々に出た声が揃う。

「しかし」草太郎の拳が強く握られた。

「口惜しい……」

加門は黙って、息子に頷いた。

四日。

夕刻の詰所に、西村が駆け込んで来た。

「町がとんでもないことになっている」

「とんでもないこと……」

と、皆が顔を上げた。

「佐野政言のことを、世直し大明神と言って褒めそやしているのだ」

「なんだと」

加門は腰を浮かせた。

「世直し、とは」

「大明神とは、神扱いか」

皆も膝をまわして、向き合う。

西村は腰を下ろした。

「今日になって、いきなり米の値が下がったのだ。それがまるで佐野のおかげのような物言いで、町人らが騒いでいるのだ」

なんと、と皆が目を見交わす。

加門はぐっと唇を嚙んだ。これはもしや……。

七日。

評定所は佐野政言の騒動に関わる人々への沙汰を下した。

御番所にいた新番士らは、佐野の行動を制止しなかったことを咎められて罷免され、無役の小普請入りを命じられた。

意知とともにいた若年寄三人も、暴挙を止めることをせず、逃げさえしたことに将軍の勘気が示された。若年寄自ら〈差控え（謹慎）〉を申し出たが、それよりも重く将軍との面談を禁じられる〈お目通り差控え〉の沙汰が下された。

近くに大目付三人がいたのだが、動いたのは佐野を羽交い締めにした松平忠郷のみであったゆえ、他二人は〈差控え〉となった。

また、目付は七人いたにもかかわらず、助けに入ったのは柳生久通のみ。それも遅かったために意知は斬られたと、家治の勘気はあったものの処罰はされなかった。やはり近くにいた目付の二人は、なにも行動をしなかったことで罷免。少し離れた所にいた三人は〈差控え〉を命じられた。

そのほかその場に居合わせた多くの役人が、〈差控え〉や〈叱責〉などの処分を受けた。

普段は穏やかな家治の勘気に、城中が粛然とした。

ただ一人、佐野を羽交い締めにした松平忠郷だけがお褒めを受け、二百石の加増を受けることになった。

七

四月中旬。

加門は浅草へと足を向けた。

佐野政言の墓は浅草の徳本寺にある。

〈世直し大明神と囃して、町人が大勢、参っているそうだ〉

昨日、町のようすを探った中村が告げた。

〈世を悪くした田沼様を成敗した、などという輩もいて、町はおかしくなっている〉

加門は聞いた言葉を思い出しながら、耳をそばだてて歩く。

若い町人が集まって、声高に話している。

「田沼意次の世も終わるかもしれねえな」

「ああ、金がものをいう世の中なんざ、やってらんねえ」

「おう、金さえ積めば番人でも御奉行様になれるってなあ、金のあるやつぁいいが、貧乏人は一生、芽が出ねえってこっちゃねえか」

「そうさ、そのくせおれらには倹約しろって、冗談じゃねえや」

そうではない、と加門は腹の底で言う。番人から奉行というのは勘定奉行の松本秀持のことに違いない。天守の番人という低い身分であったが、才を発揮して勘定所に入り、さらに才覚を見いだした意次が奉行に抜擢した人物だった。金ではない、才覚で奉行になったのだ……。加門は腹の中で言い返す。

だが、と加門は眉を寄せた。

そうした噂の出所は武家だろう、と思う。出世のできない武士は、出世を遂げた者を嫉み、譏る。あやつは金を積んで出世したのだ、と譏って、己の気を晴らす。そして、それを口にもする。それが噂となり、町にも広がっているのだ……。

いや、さらに、と加門は思いつつ、城へと顔を巡らせた。

田沼意次を貶めるために、そうした悪口を作って流す者らもいるのはわかっている……。

かつて、将軍の世継ぎであった家重がさまざまに貶められたことを思い出す。将軍の座を奪わんとした弟の宗武とその支持者らが、暗愚だの将軍の器ではないだのといった噂を流し、家重を追い落とそうとしたのだ。それは、将軍となってもなお、続いていた。

加門は眉をひそめた。定信侯はその宗武様の御子だからな……。

道は浅草の町に入っていた。浅草寺に続く道は、肩が触れあうほどの人混みだ。

その道から逸れて、加門は寺の多い一画へと進む。

いつもは人影の少ない寺町に、人の流れができている。

あれか……。加門はその流れに紛れ込んだ。

まわりを行き交う町人らは皆、はしゃいでいる。なかには浪人や武士の姿も混じっていた。

寺の境内に入ると、人の流れは墓地へと続いていた。

加門は流れから逸れ、立ち止まる。と、唾を呑み込んだ。

佐野政言の法名が彫られた墓石の前で、皆が手を合わせている。

「世直し大明神様、ありがとうございます」

「どうか、暮らしが楽になりますように」

「いいことがありますように」

口々に唱え、手をすりあわせる。

なんと、と加門は鼻に皺を寄せた。田沼意知を殺した者を……。

切られて血にまみれた意知と、笑いを浮かべて見ていた佐野の顔が甦る。口元が震えてくるのを、加門はぐっと押さえ込んだ。

「佐野政言殿は、真、あっぱれ、武士の鑑よ」

人々のなかから声が上がった。そこに、

「おう、思い上がった田沼に鉄槌を下したのだ。倅がいなくなれば、親爺の力を継ぐ者はなくなる」

別の声が続いた。

おおう、とまわりからざわめきが起きた。

「そうだそうだ」

最初の声がまた上がる。

「切腹覚悟で、正義の剣をふるった大明神だ」

加門は、首を伸ばして声の主を見た。武士だ。

その隣の武士がまた続ける。

「田沼を潰せば、世はよくなるぞ」

おおう、とまた周囲のざわめきが広がった。

加門は二人の武士に目を据えた。やはりか……許せん……。

二人はやがて人混みから出て、山門へと歩き出した。

加門はそのあとを付ける。

最初に声を放ったのは。右のなで肩の男だ。隣の猪首の男が、それに続けてたほうだ。二人は言葉を交わしながら、腕を振って歩いて行く。寺に入ろうとする町人に、なで肩の男は言った。

「世直し大明神のお参りか、御利益があるぞ」

猪首が笑い声を立てる。

「おう、なんといっても大明神だ」

道に出た二人の背中を加門は睨みつけた。ずっと握りしめていた拳の内側が、汗ばんでいた。

「いずこかの藩士だな……いや、どこかは見当がつく。この二人が方々で、同じようなことを言いふらしているのだろう……。

加門の口元が震えてくる。次はどこで言うつもりだ……。

二人は辻を曲がった。

「待たれよ」

加門は背中に声を投げつけた。

足を止め、二人が振り返った。

ゆっくりと足の向きを変え、加門と向き合う。

「何用か」

加門もゆっくりと足を踏み出す。

「世直し大明神と言いふらしているのはそなたらだな」

「なんだと」

猪首が身体を斜めにすると、なで肩が胸を張った。

「なればどうした」

「やめてもらおう」加門も胸を張る。

「そなたら、藩士であろう。いずこの藩か目星は付いている。いい加減にしておくことだ」

くっと、息をもらして、猪首が刀に手をかけた。

「やる気か」

加門も鞘に手をかける。

「こやつ」

なで肩が鯉口(こいぐち)を切った。

おう、と猪首も続く。

「この老いぼれめが」

抜刀して、身構えた。

「ふん」なで肩も刀を抜く。

「差し出がましいぞ」

振り上げた刀に、加門も白刃を抜いた。

地面を蹴ったなで肩が、まっすぐに突進してくる。

加門は左に躱すと、身を翻した。

刀もまわして、峰を向けた。

その峰が、相手の顔を打つ。こめかみが鈍い音を放った。

「うわあぁっ」

こめかみを押さえて、男は倒れ込んだ。それを見た猪首は、

「こ、このっ」

と、加門を睨んだ。と、構えを直して、突きの体勢になった。

「ええいっ」

大きく声を放つと、飛び出した。

同時に、加門は身体を斜めにして前へと出る。

素早く刀をまわし、相手の手首に打ち込んだ。

手首の砕ける音とともに、刀が落ちた。

落ちた刀を蹴ると、加門は男に向き合った。

切っ先を猪首の口に当てると、加門は睨み返した。

「そなたの口も封じるか」

男は顔を震わせ、半歩、下がる。

「老いぼれであろうと、怒気（どき）は力を十倍にするのだ、覚えておくがいい」

加門は、膝をついてこめかみを押さえるなで肩を見下ろした。

「これ以上、つまらぬ飛語（ひご）を広めるのはやめておけ」

そう言って刀を納めると、加門は男達に背を向けた。

この程度では気が収まらぬが……。そう口中でつぶやきながら、地面を蹴る。

大声を上げたい衝動を抑え、加門は浅草の人混みのなかへ戻って行った。

御庭番の詰所で、加門は筆を執（と）っていた。

浅草から戻って以来、はじめた写経だった。

道理もなく貶められる意知を、せめて供養（くよう）したいと思い立ってのことだった。

その背中に、人の気配を感じて、加門は顔を巡らせた。

入って来たのは中村だった。

「お、宮地殿、おられたか、見てくれ、町ではあちらこちらに落首が貼り出されていると聞いて、写してきたのだ」

懐に手を入れながら、中村は加門の向かいに座った。

取り出した紙を広げて、加門に差し出す。

書かれた落首を、加門は目で追った。

〈金とりて　田沼るる身の　にくさゆえ
　命捨てても　佐野みおしまん〉

「佐野は悪しき田沼を裁いた正義の者、ということか」

「ふむ」中村が頷く。

「町でいかような噂が流れているかよくわかる」

加門はさらに目で文字を追う。

〈剣先が　田沼が肩へ　辰の年
　天明四年　やよいきみかな〉

「意知殿が肩を斬られたことまで、知れ渡っているか」

「うむ、いつものことだが、お城のことはあっという間に知れ渡るな」

〈東路(あずまじ)の　佐野の渡りに水まして
　田沼の切れて　落つる山城〉

「意知殿が、山城守であったこととかけてあるのだな」

「そうさな、ほかにもいろいろとあった。だが、どれも佐野を讃(たた)え、快哉(かいさい)を叫ぶようなものばかりだ」

「ふむ、田沼家を貶めんがため、せっせと書いた者らもいることだろう」

「ああ、だが、意知殿までが貶められているのが、許せん。田沼様は老中であるがゆえに、なにかと言われているのはわかっていたが、意知殿はまだ怨まれるほどの政はしていないではないか」

「うむ」加門は落首の書かれた紙を握りしめた。

「なにゆえに意知殿が、とわたしもずっと考えていた。だが、子を亡くすことほど、人にとってつらいことはない。意次……様にとっては最大の痛手であろう」

「そうだな。それに、意知殿は父上の御政道のあとを継ぐはずであった。そこを断ち切れば、田沼様の御政道も切ることになる」

「ああ」加門は唇を噛む。

「若き才人を失えば御政道にも痛手となるは必定、愚かなことをと思うたが、そのような広い目はない、田沼家だけを標的にしたことがよくわかる」

加門は握った拳を振り上げると、怒りのままに膝を打った。

「父上」

そこに草太郎が入って来た。

「このようなものが」

と、中村と同じように、懐に手を入れた。

「なんだ、そなたも落首か」

「はい」草太郎が傍らに座る。

「医学所に行った帰りに見つけたので、書き写してきました」

差し出す紙を、加門は憮然として広げた。

が、文字を目で追うにしたがい、面持ちが変わっていった。読み終えた加門は、

「これは」

と、顔を上げた。

「はい」

と、草太郎が頷く。

どれ、と中村が手を伸ばし、加門の手から紙を取る。

目を這わせて「ほう」と声を上げると、大きな声で読み上げた。

「鉢植えて、梅か桜か咲く花を、誰たきつけて、佐野に斬らせた」

三人が目を交わす。

草太郎が、誇らしげに頷いた。

加門は目を細めて、天井に向ける。

「わかっているお人もいたか」

うむ、と中村が紙を草太郎に戻す。

「少し、気が収まった」

「はい」

草太郎はその紙を受け取り、立って窓を開けた。

空を見上げると、その紙を広げて陽射しにかざした。

「意知殿、見えるか」

風が吹き込み、紙が揺れた。

第三章　武門の意地

一

翌天明五年（一七八五）一月。

夕餉の膳に着いた加門を、妻の千秋がじっと見つめた。

「なにかよいことがあったのですか」

む、と口元を撫でる夫に、千秋は微笑みを向けた。

「去年からずっと、難しいお顔をなさっていることが多うございましたもの、そのように和（なご）やかな目元は久しぶりです」

そうか、とつぶやいて、加門は顔を上まで撫でた。

去年の三月に意知が殺されて以降、確かに笑うことが減っていた。

田沼家は新たな跡継ぎを意知の長男龍助とし、公儀にも許しを得ていた。だが、まだ十三歳という若年であり、加門には心配の種になっていた。意知の男子は下に次男も三男も四男もいる。が、三男は夭逝し、次男も四男もあまり丈夫ではない。龍助も、少し身体が弱いところがあり、加門は意知から相談を受けたこともあった。

草太郎が父を見て、口を開いた。

「明後日には公布されるのですから、話しても差し支えないのでは」

「うむ、そうだな」加門は妻を見返した。

「田沼意次様が御加増されることに決まった。一万石増えて、五万七千石となられるのだ」

「まあ」千秋の目が丸くなる。

「それは確かに、久しぶりのよきことですね」

「ええ、おめでたいことですね」

と、草太郎の妻の妙も笑顔で夫を見た。

草太郎は妻に頷いた。

「浅間山の噴火やそれに伴う飢饉など、大変なことが続いたが、田沼様は的確な対処をなさってきた、と上様がお認めになられたのだ」

「うむ」加門も妙や千秋を見る。「それに印旛沼と手賀沼を干拓する準備も着々と進めているし、来月には蝦夷地を調べるための調査団も派遣することになっている。いろいろとあったにもかかわらず、大きなお役目をつぎつぎにこなしていることを、上様も評価されたに違いない」

加門は己のことのように胸を張った。言いつつ、もしかしたら、と思う。跡継ぎを亡くすというつらさを誰よりも知っているのは上様だ、意次への慰めのお気持ちも含まれていたのかもしれない……。

「なれば」千秋も笑顔になった。「なにかお祝いのお品を用意しましょうか」

いや、と加門は笑顔のまま首を振る。

「そういう物は大名方や商人らが持参するだろう。我が家で用意できるような物など、知れておるしな」

「はい」草太郎も口を開く。「そもそも田沼様は物への欲はないのでは……意知殿もそうでしたから」

草太郎は、目を遠くへとやる。

「さ」と千秋が皆を見た。

「御膳をいただきましょう、湯漬けが冷めてしまいますよ」

箸を取る妻に続いて、加門も手を伸ばす。

草太郎も目を御膳に戻すと、ゆっくりと箸を手に取った。


二月十日。

田沼家の奥座敷で、加門は意次と向かい合っていた。

「いつもすまんな」

意次は煎じ薬を受け取ると、それを掲げた。

いや、と加門は改めて意次を見つめる。意知逝去のあと、げっそりとこけた頬は、少しだけ戻ってきていた。

「我らももう歳、なにしろ六十七だからな、養生は大事だ」

「ふうむ、そんな歳になったか」

「ああ、だが、松平忠郷様は七十一でお元気だからな」

佐野政言を羽交い締めにした雄姿を思い出す。

「それにお城には、九十歳になっても出仕を続けた槍持ちがいた、と聞いたことがある」

「うむ、わたしも聞いた、大したものだ」

わたしも、と加門は口中でつぶやいた。そなたがお城にいる限り、隠居はせぬ……。

意次はその思いを読んだかのように、微笑む。と、そこに「殿」と廊下から声がかかった。

「お通ししてくれ」

入って来た家臣が、小声で意次になにやら告げている。

意次の返事に、加門は「では」と腰を浮かせた。

いや、と意次は手で制す。

「せっかくだ、顔を合わせていってくれ、米沢藩の上杉殿だ」

「米沢藩の……」

加門は立つと、横に移動して、座り直した。藩主の上杉治憲は、この二月七日に、三十五歳の若さで隠居していた。

入って来た治憲は、意次に深く頭を下げた。

「お邪魔いたし、恐縮です。お客人でしたか、わたしはすぐにお暇(いとま)をいたします。隠居のご挨拶に伺っただけですので」

顔を上げた治憲は、ちらりと加門を見て、礼をした。

「いや」と、意次は手で加門を示す。

「こちらは御庭番の宮地加門というのだが、役目で参っているわけではないのだ。幼なじみゆえ、気易く話していただけでな」

加門は礼をして、腰を浮かせる。

「わたしこそ失礼しますので、ごゆるりと」

「いや」と治憲が頭を下げる。

「御庭番の評判は以前より聞いております、わたしも一度、お話を伺いたいと思うていたのです。よろしければ、ごいっしょに……」

加門は戸惑いながら意次を見る。以前より評判の高い人物と話してみたい気持ちはあった。意次が頷いたため、では、と加門は腰を戻した。

「しかし」意次が治憲を見つめる。

「隠居とは、思い切ったことをなさいましたな」

はい、と治憲が頷いた。

「田沼様ゆえ話せるのですが、こうせねば埒が明かぬと腹を括ったのです。上杉の血を引かぬわたしの言うことには、重臣らは反発するばかりなので」

治憲は婿養子となって上杉家に入り、藩主を継いだ身だった。生まれた家は、日向国の高鍋藩を治める秋月家だ。幼い頃から聡明であったため、それを知った上杉重定が養子に迎えたという経緯だった。治憲が養子となったあと、重定には二人の男子が生まれていたが、藩主を継がせることは揺らがなかった。

「ふうむ」意次は眉を寄せる。

「上杉家は名門ゆえ、家臣らもこだわりが強いのでしょうな」

「はい、わたしの実家、秋月家は二万七千石にすぎませんので、軽い小藩と見下しているのでしょう。対して上杉家は十五万石、軽い出自の者に従うつもりはない、と」

苦笑する治憲に、加門が口を開いた。

「藩主を継がれたのは明和四年（一七六七）でしたね、すぐに改革をはじめられたと聞きましたが……進まなかったのですか」

「ええ」治憲は顔を歪めて頷く。

「武士も田畑を耕すべし、と布告したのですが、上杉家の家臣がそのようなことはできぬ、と取り合ってくれませんでした」

「ふうむ」意次も眉を寄せた。

「だが、失礼ながら、米沢藩は財政が逼迫していたはず。それは重臣方もわかっていたのでしょうな」

「ええ、それは承知していました。何しろ家臣六千人を抱えているのですから」

「六千人」加門は思わず声を高めた。

「それほど……」

「はい、かつては三十万石を有していましたから、家臣も多かったのです。ですが、石高が減っても、家臣を減らさない、というのが上杉景勝公の方針であったため、それを今も守っているのです。それに家臣のほうも、上杉家家臣という誇りゆえに、誰もやめようともしません」

「ほう」意次が息を洩らす。

「名門の誇りは断じて手放せぬ、というわけですな」

「まさしく」治憲が首を振る。

「二言目には上杉家、御家名、御家門、お血筋と、誇り高く胸を張るのです。上杉家百二十万石と誇る者もいるほどで……」

加門は目を見開いた。

「百二十万石とは、豊臣秀吉の頃の話でしょう」

ええ、と治憲は苦く笑う。

「ですが、その頃の誇りを持ち続けておりまして……なにしろ、謙信公の御遺骸をお城で祀(まつ)っているほど」

「謙信公とは、真か」

身を乗り出す意次に、治憲は頷く。

「越後(えちご)の春日山(かすがやま)城(じょう)に埋葬していた棺を移したそうです。漆で棺を塗り固めて、本丸で祀られています」

なんと、と加門は腕を組んだ。

「そこまでするとは……なれど、謙信公とて、長尾(ながお)家から養子に入ったお方、上杉の血筋ではないのは同じであろうに」

治憲は苦い面持ちのまま頷く。

「ですが、謙信公は上杉家の名をますます高めた武将、家臣らにとっては神にも等しいのです」

ふうむ、と意次は息を吐いた。

「武家にとって家格や血筋は己の誇りそのもの、ということですな。いや、わたしにはよくわからぬ心持ちだが」

「はい」治憲は小さく笑む。

「わたしにもわかりません」

加門は天井を見上げて、誇りか、と心中でつぶやいた。己自身に誇るものがない者ほど、血筋や家名に頼るものだ……。と、加門はその顔を治憲に向けた。

「従う家臣はいなかったのですか」

「多少はいました。わたしとともに鍬や鋤を手にして田畑に出る者もおり……ですが、重臣はそうした者らを蔑むばかりで、対立が深まるのみ……いや、藩を継いで十八年、己の考えの甘さを突きつけられました。ですから……」

治憲は伏せがちにしていた顔を上げ、改めて意次の顔を見た。

「田沼様のなさった数々の改革を常に端より仰ぎ、感服していたのです。武士は町人を蔑み、金を卑しい物と見做すことが深く身にしみ込んでおりますから、商人とつながりを持つなど、さぞ反発が多かったことかと……」

うむ、と意次は苦笑する。

「確かに、わたしの考えには反対する声も多かった。亡くなられた家重公やそのお考えを引き継がれた今の上様のあと押しがなければ、施行するのは難しかったやもしれぬ。そうした面から考えれば、わたしの業績ではなく、九代十代様のなされたことと言えましょう」

いや、治憲は小さく首を振った。ご謙遜を、とその目顔が語っている。

「わたしにはそのようなうしろ盾はありませんが、田沼様が御老中であられることを心強く思うています。わかってくださる、と……」

「うむ」意次が頷く。

「上杉殿の試みを聞くたび、米沢の国を変えるものと期待しておりましたぞ。いや、まさかここまで難渋するとは思うておりませなんだが」

「はい、ですが」治憲は背筋を伸ばした。

「わたしはあきらめません。必ずや上杉家を立て直して見せます」

え、と加門は身を乗り出した。

「あきらめたゆえに隠居をされたのではないのですか」

「いいえ」治憲は首を大きく振る。

「これは手立てです。上杉のお血筋を藩主に据えれば、重臣らも逆らいはしないでしょう」

あ、と加門は身を引いた。そうか、そういうことであったか……。

治憲が藩主を譲ったのは、治憲の息子ではなく、養父重定の実子だ。重定には二人の男子がいたが、次男の治広を治憲の養子として、家督を継がせたのだ。上杉の血筋が、再び藩主の座に就いたことになる。

「考えましたな。そうなれば、反発していた重臣方も素直に従うことでしょう。今後はお若い藩主のうしろ盾として、上杉殿が手腕を発揮できる、というわけですな」

「ふむ」意次が頷く。

はい、と治憲は頷く。

なるほど、と加門は治憲の横顔を見つめた。

上杉治憲の藩政改革は、ここから一気に進んでいった。

二

二月下旬。

加門と草太郎は、町から大手御門を見つめた。

出て来たのは、旅支度の一行だ。公儀から派遣される初めての蝦夷地への調査団だ。

「蝦夷というのはどのような所なのでしょうね」

草太郎の問いに、加門は「ふうむ」と腕組みをする。

「大層寒いそうだ、冬には一面雪に覆われ、三月になってようやく解けるらしい」

大手御門では、勘定奉行の松本秀持が見送っている。蝦夷地探索のきっかけを作ったのは、この秀持だった。秀持が『赤蝦夷風説考』という書物を手に入れ、それを田沼意次に渡したのがはじまりだった。

書物を書いたのは、仙台藩医である工藤平助だった。漢方のみならず蘭学も学び、多くのことに知識を持つ平助は、蝦夷についても関心が高かった。つきあいの広い平助は阿蘭陀商館に出入りする通詞（通訳）とも知り合い、異国のさまざまな情報も得ていた。そこで、赤蝦夷（露西亜）に関しての知識と考えをまとめたのが『赤蝦夷風説考』だった。

露西亜はすでに八年前に蝦夷地にやって来ており、蝦夷の地に置かれた松前藩に通商を求めるなどをしていた。それは拒否したものの、露西亜は日本への関心を強めていた。

露西亜には日本を侵略する意図がある、という情報を平助は得ていた。それらを踏まえたうえで、露西亜と長崎において通商し、つきあいつつも防衛をすべきである、というのが平助の考えだった。松本秀持からそれを聞かされた意次は、蝦夷地の調査を命じたのである。

加門は小声で言った。

「蝦夷地には以前にも探索の者が行っているのだが、松前藩にはいろいろと問題があるらしい」

「そうなのですか、蝦夷にある藩は松前だけですよね」

「うむ、それゆえだろう、アイヌの人々との諍いが絶えないらしい。不当な略取をしたり、押さえつけたりしているようだ。さらに、ひそかに通商をしており、それは露西亜にも及んでいるようだ」

「ひそかな通商とは、抜け荷ということですか」

異国や異人との通商は、公儀の許しを得るのが原則だ。眉をひそめる息子に、加門は黙って頷く。

「遠い地ゆえ御公儀の目が届かぬと、好き勝手に振る舞っているらしい。いずれにしても、蝦夷地の実態を掌握する必要がある。露西亜が蝦夷地を支配しようとすれば、大事になりかねない」

なるほど、と草太郎はつぶやいた。

加門は、去って行った一行に背を向けると、歩き出した。

草太郎とともに、日本橋の人混みのなかに入って行く。

建ち並ぶ商家の軒先では、多くの人が覗き込んだり、買ったりしている。

「こら、かないまんへんなぁ」

その声に、加門は足を止めた。大坂の商人とみえる……。

加門がそっと寄って行くと、草太郎も続いた。

商人は懐に手を入れ、

「ほな、それで手を打ちまひょ」

と、巾着を取り出した。

「ひい、ふう、みい……」

商人は銀をつまみ出す。

加門は草太郎と目を合わせた。南鐐二朱銀だ。田沼意次が作った銀貨だった。

通貨は東西で違いがある。江戸などの東では金が使われ、西では銀が流通していた。銀五十匁が金一両という換算だ。しかし、銀は扱いに手間がかかった。銀貨は丁銀と豆板銀の二種があり、それぞれ大きさ重さが一定していない。そのため、そのつど量らねばならなかった。さらに銀は表向きは相場が決まっていたものの、その実、変動制で時によって変わった。利益を得るために相場を動かす者もいた。そうしたことから、東西の勘定の流れには手間と面倒がつきまとっていた。

それをなくすために意次が考えたのが、新たな通貨だった。異国との交易で得た良質の銀を使って、南鐐二朱銀を作り出したのだ。南鐐二朱銀八枚で金一両、と相場も定められた。

だが、はじめはなかなか受け入れられなかった。

公儀への不信感が強い町人らのあいだでは、銀の質が悪いに決まっている、などと悪評が広まり、使う者がいなかったのだ。

それでも、年月が経つにつれ、やがて銀の質がよいことがわかり、使い勝手もよいと流通するようになっていた。

手から手へと渡る南鐐二朱銀を見て、加門は目元を弛めた。

西の言葉を背に聞きながら、加門はまた歩き出す。

商人の高らかな呼び声が右に左に飛び交う。

商人や町人に、運上金や冥加金などの新たな税を設けたのも意次だった。米だけを公儀の収入としてきた勘定の仕組みを変え、米頼りから脱するための策だった。

税を課すかわりに株仲間などを認め、商いが勢いづくように考えたため、商人らもそれを受け入れた。見る間に商家は増え、世の景気はよくなっていった。

加門は元気のよい商人らを見て、目を細めた。

「父上」草太郎がそっと声をかけた。

「家の皆に、団子を買って帰りませんか」

ふむ、と加門は笑顔になった。

「よいな、買おう」


四月。

宮地家の庭に、人影が現れた。廊下に座っていた加門は、「おう」と手を上げる。

やって来たのは仲間の林 惣兵衛だ。

「今日は非番でしたか」

寄って来る林に、加門は隣を手で示して頷く。

「うむ、林殿も戻られたのだな、どうだ、久しぶりの江戸は」

林は遠国御用で江戸を離れていた。御庭番の御用は内密とされ、家人にさえも知らされないのが普通だが、差し障りのないものであれば、皆、知っていた。林が行っていたのは、長崎の出島だった。異国の者が出入りする出島には、常に探索の者が目を光らせている。

「はあ、またにぎやかになりましたね」

と言って横に座った林を、加門は見る。

「長崎はどうであった」

「はい、特に変わりはなく……イサーク・チチングは長崎を去りました。もう日本には戻らないようです」

「チチングが」

「ええ、田沼意知様の死去を聞いて、大層気落ちしていましたし、それでよけいに感心が失せたのかもしれません」

「気落ち……林殿はチチングと会ったことがあるのか」

「はい、わたしは表向き、長崎奉行所の役人として行っておりましたので、会う機会がありました。チチング殿ともその御家来とも言葉を交わしました。もっとも、通詞を通してですが」

苦笑する林に、加門は身を乗り出す。

「チチングは、意知殿の死を聞いたのだな」

「はい、四月の下旬には知らせが届きましたから。大層、驚き、憤っておられましたよ」

「憤って……そうか、チチングは意知殿を買っていたのだな」

「ええ」林は加門を見る。

「これは御家来から聞いたのですが、チチング殿は常日頃から言っていたそうです。

江戸の役人は井の中の蛙で器が小さい、しかし、意知様だけは考えが大きく、器が大きいと」

そうか、と加門は目を伏せる。チチングはわかっていたのだな……。

林は首を振る。

「意知様が失われたことで、日本が開かれる道が遠のいた、国の先行きは暗くなった、と嘆いていたそうです」

加門は目を眇めて空を見上げた。

「まさに、な」

林は溜息を吐く。

「戻って来てからいろいろと聞きましたが、なんとも得心のいかぬ話ですね。わたしは武家というものに少し、嫌気が差しました。諍いといっても、その基は妬みや怨み……なんともつまらぬことを……」

意外な言葉に加門が目を開くと、林は苦笑を向けて立ち上がった。

「いや、しょっちゅう海を眺め、大海原を行き交う船を見て、海を渡る人々と交わるうちに、役人暮らしが小さく思えてきたのです」

林は頭を下げると、歩き出した。

「海はいいものです」

そうつぶやきながら、庭を出て行く。

加門は空を見上げ、見たことのない長崎の海を思い浮かべた。意知の顔がそこに重なった。

三

草太郎が御庭番詰所の窓を開け、秋の空を見上げた。青く澄んだ空には雲がない。

「秋の長雨など、気配もありませんね」

春から旱天(かんてん)が続いていた。田は空梅雨(からつゆ)で干上がり、夏が過ぎ、秋になっていた。

「うむ」加門が顔を上げる。

「そのせいで、今年も米は凶作となったのであろう。今年こそ豊作、いや、せめて以前ほどに戻ってくれればよかったのだが」

「もう、これ以上、飢饉が続いては大変なことになりますね」

「ああ、去年は関東郡代(かんとうぐんだい)がお救い米を配ったそうだが、郡代のお米蔵も今年は厳しいであろう」

関東郡代の伊奈半左衛門は、徳川家の直領である関八州の人々に米を配って対応した。

「それに、もっと北の国々は大変なことになるのではないでしょうか」

草太郎の言葉に、「ううむ」と加門は顔をしかめる。

宮地親子のやりとりに、文机に向かっていた藪田定右衛門が、振り返った。

「いや、すでに大変なことになっています」藪田は筆を置くと、膝をまわした。

「もう、上への報告はすんだゆえ話しますが、北の国々は大飢饉に見舞われていました。それはもう、悲惨な……」

加門は、ほう、とつぶやく。藪田が和多田と組んで遠国御用へ出向いていたのはわかっていた。

「やはり、北へ行っておられたのか」

北の諸国では飢饉に見舞われている、という噂が江戸に広まっていた。国を離れ、逃散した人々が、多く江戸に流れ込んでもいた。が、諸藩から仔細な報告はされていなかった。餓死者を多数出したとなれば、藩政を問われ改易となりかねない、という怖れを藩主らが抱いたためだ。ために、その実情を知るために、藪田らが派遣されたのだ。

「悲惨とは、どのような状況なのですか」

正座した草太郎に、藪田は声をひそめた。

「道には行き倒れた死体が転がり、どの村に行っても死体が累々（るいるい）とあった。埋めることさえされないのは、生き残った者に穴を掘る力がないからで……」

加門と草太郎はだまって目を交わす。

藪田はさらに声を落とした。

「馬や犬が死ぬと、あっという間に食べ尽くされた。人さえも……」

草太郎が唾（つば）を呑み込む。

「それは……」

うむ、と藪田は頷いた。

「腕や脚が行き交っているのを見た」

「腕や脚……それはどういう……」

加門の問いに、藪田は顔を歪めた。

「近くの家で死者が出ると、腕や脚をもらいに行く……次にうちで誰かが死んだときに返しますから、と言って」

加門は顔を歪めた。

「そのようなことに……」

「ええ、そこまでしなければ生きられない……わたしもはじめは驚いたが、ほどなくわかりました。なにしろ、ほかに口にする物がない。どこにも牛馬の姿などなく、人っ子一人いなくなっていた村も少なくなかった」

両手を握りしめる藪田に、草太郎が掠れ声になる。

「なれど、人まで……」

いや、と藪田は上目で見返す。

「飢えというのは、実際に味わってみなければわからぬもの……わたしも旅をするうちに身に沁みた。宿に泊まっても、出されるのは雑穀の粥のみ。腹は常に減って、食べ物のことばかり考えるようになったものです」

加門はその顔を見て、そうか、と得心した。御用から戻ったばかりの藪田と和多田が、げっそりと頬がこけていたのを思い出していた。

藪田が顔を伏せる。

「わたしとて、人を食べたかもしれぬのです」

え、と息を呑む親子を見ず、藪田はささやくように言う。

「宿場では犬鍋を売る者がいて、それは犬の肉にそこいらの草や木の実などを混ぜて煮込んだ物でした。我らもいくどとなく食べました。が、あとで聞くと、犬の肉に人の肉を混ぜて売っていた者もいた、ということで……」

加門と草太郎は、音を立てないように唾を呑み込んだ。

いや、と加門はそっと口を開いた。

「誰しも、その場におれば、そうしたであろう」

その言葉に、藪田の力の入っていた肩が落ちた。

加門は頷くと、声音を変えた。

「そうだ、米沢藩はどうであった」

上杉治憲の顔が思い浮かんでいた。

ああ、と藪田は面持ちを弛める。

「米沢は餓死した者はわずか、と聞いていたが真でした。お城の蔵を開けて、米を配っていました。米沢藩は数年前の西国の凶作の折も、周辺の国々のように売りに出すことはしなかったそうで、北が凶作となった際も、米を蔵に納めそれを続けてきたため、今、米を配ることができているとのこと」

「そうか、さすがは上杉様だ」

「ええ、あとは白河藩だけでした、餓死者が少ないのは」

「白河藩……」

加門は眉を寄せた。松平定信が治めている国だ。

「はい」藪田が頷く。

「定信様はいち早く、越後など米のある国から買い集めていたそうで……」

ああ、と加門は頷く。

「以前よりそうであった。米の買い占め禁止のお触れが出ているにもかかわらず、買い集めていた」

「ええ」藪田は苦笑する。

「噂によると、そのために御公儀から御用金を受け取っていたとも……当地では、徳川のお血筋ゆえ我が殿は別格、と胸を張る家臣もいました」

そうか、と加門は眉間をさらに狭める。一橋家の治済が便宜を図ったとしても不思議はない……。

藪田の溜息が洩れた。北へと顔を向けている。見聞きしたことを思い出しているらしかった。

「父上」草太郎が顔を向けた。

「逃散した人らは、江戸に来たとして、なんとかなるのでしょうか」

「ううむ、そうさな」加門は腕を組む。

「明日にでも、町を見に行こう」

にぎやかな日本橋の町を抜け、加門と草太郎は馬喰町へと足を向けた。ここには多くの公事宿がある。訴えを起こす者が泊まる宿で、地方から出て来た百姓のための百姓宿もある。宿には、上州屋などの地名がつけられた看板が掲げられている。主がその地の出であり、上州の百姓であれば上州屋に泊まる、というのが基本だ。地方から江戸に出て来る者にとって、頼みともなる宿だった。

加門は細い道に目を向けた。路地のあちらこちらに、人影が見える。百姓とわかる姿で、力なく宿の壁により掛かっている。

やはり、ここに集まっているな……。加門はそう思いながら、路地に寄り添う人々を見ながら進んだ。

昨年、逃散して江戸に流れ込んできた人々があまりにも多くなったため、公儀は六万坪の土地に多数のお救い小屋を建てた。大勢の人々がその小屋に集められ、とりあえずは肩を寄せ合うことができたのだ。が、そこに追い打ちがかかった。米の値が上がったために、住み込みの奉公人を養いきれなくなった商家や家々が、つぎつぎに暇を出したのだ。放り出され、無宿となった人々が殺到し、小屋は満杯になった。押し合うように暮らす小屋には、やがて疫病が生じ、広がっていった。

加門は地面にしゃがみ込んだ人々を見る。お救い小屋に入れなかった者や、疫病から逃げて来た者に違いない……。

誰もが痩せて、手足が細い。が、なかにはなにやら食べている者もいた。宿から出た残り物らしい。

「父上」草太郎が袖を引いた。

「あそこにいるのは子供のようです」

指さす先の路地には、一人、力なく横たわっている小さな少女の姿が見えた。

近寄って行くが、小さく顔を向けるだけで起き上がる気配はない。身を丸め、両手で腹を押さえている。着物はぼろぼろだ。

「どうした、腹が痛いのか」

加門がしゃがみ、草太郎も覗き込む。

少女の頬はこけ、見える手足は細い。

「腹を下したようですね、これは、かなり……」

「うむ、まずいな」

加門は草太郎に向けて顎をしゃくった。

はい、と草太郎は少女を抱き上げる。

路地から出ると、大伝馬町のほうへと歩き出した。

しばらく進むと、うしろから音が上がった。

足音とともに、

「おみつぅ」

と、いう女の叫び声が追って来る。

「おみつ」

女は草太郎に向かってくる。手にしていた鉢が投げ捨てられ、中の物が飛び散った。

青菜とがんもどきの煮物らしいが、ほかにもなにやら混じっている。

「返せ」

女は草太郎に体当たりすると、少女を奪い取った。

「まだ、死んじゃいねえ」

女は睨みつける。

「うむ」加門はゆっくりと進み出た。

「わかっている、だが、しばらく前から腹を下していたであろう」

加門は飛び散った煮物を見る。宿が捨てた物をごみ箱から拾って来たらしい。

おみつを抱きかかえ、女はあとずさる。

「腹は……だいじょぶだ、まだ生きてるんだ、捨てないでくりょ」

「捨てるのではない」草太郎も穏やかに言う。

「医学所に連れて行こうとしていたところだ。医者に手当てをしてもらって薬を服めば、元気になるかもしれない」

「医者……薬……」女はつぶやくと、首を振った。

「いんや、なんねえ、おらは銭なんぞ持ってないんだ」

下がる女に、加門が寄る。

「わたしが払うゆえ、心配はいらぬ」

え、目を丸くする女に草太郎が頷いた。

「その医学所は我らがよく知る所、大丈夫だ。それよりも……我らには医術の心得がある。早く手当てをしないと、娘は助からなくなる」

えっ、と女は子の顔を見た。この騒動でも、みつの顔はぼんやりしたままだ。

「さ、参ろう」

加門は女の背を押した。おろおろとしながらも、女は歩き出す。

「北から来たのであろう、名はなんと申す」

加門の問いに、

「いね」

と、女は首をすくめる。

「そうか、おいねさんか、娘御と二人で来たのか」

いんや、といねは首を振った。

「村を出たときは、おっとうと松吉(まつきち)もいっしょだった」

「一家で出たのだな」

「んだ、婆さんも爺さんも死んじまったし、みんな村から出ていっちまうし。おっとうが江戸に行けば、飢え死にすることはあんめえって言うから、出たんだ」

「ふうむ、飢饉はひどいと聞いている」

「ひどいなんてもんじゃねえ。年寄りと子供はつぎつぎに……」

おいねは喉を詰まらせてうつむく。

草太郎が、その顔を覗き込む。

「で、江戸を目指したと……男の二人はどこに……」

おいねが顔を上げた。

「松吉は上尾宿を過ぎた所で死んじまった、腹が膨れ上がってて……そのあと、おっとうも荒川の手前まで来たのに、だめだった」

加門と草太郎は目を交わした。

「それは、難儀なことであったな」

加門の言葉に、草太郎も頷いた手を伸ばす。

「重いであろう、わたしが抱えよう」

いねはおずおずとみつを渡した。

医学所に着くと、草太郎が奥に声をかけながら上がって行った。医者や弟子が、忙しそうに立ち働いている。昔、加門が通っていた頃とは顔ぶれが変わっていた。が、今でもしばしば薬を分けてもらいに来るため、加門も多少は知っていた。

そこによく知った顔が現れた。医学所を統べている青山だ。

「おや、これは宮地先生、親子で……」

「いや、先生はやめてください」

首を振る草太郎に青山は寄って行く。と、抱きかかえられたみつの顔を覗き込んだ。乾ききった額に手を当て唸ると、振り返って声を上げた。

「誰か、奥へ運んでくれ」

弟子が走ってくる。

奥の部屋には、数人の患者が寝かされていた。

みつにはすぐに白湯（さゆ）が運ばれ、口に注がれた。顔に赤味が戻りはじめた。

「いつから具合が悪くなったかね」

青山はいねから話を聞いて、「ふむ」と弟子に薬の指示を出す。

目を開いたみつに、重湯（おもゆ）も運ばれてきた。それを草太郎が受け取って、匙（さじ）でみつの口に流し込む。みつの頬はさらに赤味を増した。

「おみつ」いねはその手を握りしめる。

「ああ、いかったよぉ、おみつ」

「ふむ」と青山は頷く。

「この分なら、しばらくの養生で元気になろう」

笑みを見せた青山に、加門はかしこまった。

「いきなり連れてきて、申し訳ないことでした。払いはわたしが持ちますので」

いや、と青山は笑顔を向けた。

「最近は、このように運び込まれる者があとを絶たないのです。なかには、門前に捨て置かれる人もいるほどで……まあ、薬代はあるところからちょうだいしますから、お気遣いはご無用。最近は大名に呼ばれることもありますのでな」

　ふっと笑いながら、青山は片目を細める。

「天災で一番難儀をするのは、下々の者……医は仁術ですからな、我らもせめてできることはせねば」

　草太郎が振り向いて、大きく頷いた。

「あの」いねが膝で寄って来た。

「おらもここに置いてくだせえ、おみつといっしょに……おら、飯炊きなら誰にも負けねえ、青菜があればうまい汁だって漬物だって作れんだ、大根の葉っぱだってうまいことできんだ」

「ほう」青山が微笑む。

「それはありがたい。最近は畑の物も値が上がっておるゆえ、心強いことだ」

　へえ、といねは頭を下げる。

　加門は草太郎と目顔を交わし、ほっとした面持ちで頷いた。

四

十二月一日。

加門は城の廊下に立っていた。

中庭の向こうを、松平定信が胸を張って歩いている。向かっているのは溜間だ。かねてより望んでいた位の高い溜間詰に、昇格となったのだ。

飢饉で一人も餓死者を出さなかった、と定信は公言していた。それは米沢藩の家臣らも同じだった。だが、実際にはどちらも少数ではあるが、餓死者が出ていたことは、密かな探索でわかっている。しかし、万を越える餓死者を出した他の北の諸国に比べれば、誇ることに異論を唱える者はなかった。溜間詰への昇格は、そのことへの報償とされていた。

しかし、と加門は眉を寄せる。白河藩がいち早く米を買い占めたことで、米を得られなかった国もあったろう……。

加門の背後にそっと人の気配が寄って来た。

目を向けると、中村が立っていた。

「定信侯は意気揚々としていなさるな」

「うむ、何年も前から願い出ていたことだからな、本望であろう」

言いながら、本望、と己に問いかけた。もっと早くにそれが叶えられていたら、意知殿は……。いや、と己に首を振る。溜間詰など、あのお方にとっては小さきこと、将軍の座に比ぶべくもないだろう……。

「だが……」中村が顔の皺を深めて苦笑を見せた。「我らのような歳になれば、出世などどうでもよくなるな」

「うむ」加門も同じ顔になった。

「歳とともに、大事なものは変わっていく。いや、減っていくということか」

おう、と中村が頷いた。

「まさしく……昔は人からどう思われるか、などと気になったものだが、今はそのようなことはどうでもよい。見栄を張る気もすっかり失せた」

中村が笑って歩き出すと、加門もそれに続いた。

「そうさな、もう出世も金も無用、あとは……」

そう言って、加門は口を閉じた。そのあとの言葉が思い浮かばない。

「わたしはな」中村がささやく。

「元気がほしい。しみじみと身体の衰えを感じて、そう思う」

「ほう、それはいかにも、わたしもだ」

頷く加門に、中村が身を寄せる。

「だが、宮地殿はお元気だ。いや、前から聞きたかったのだが、よい薬はないだろうか。最近、とみに厠が近くなって困るのだ。城中で何度も立つのは気が引けるし、家でも夜中に何度も起きるのが面倒でかなわん」

ふむ、と加門は中村の顔を見る。

「年をとると誰もなりやすいこと……だが、よい薬がある。今度、医学所に行った折に分けてもらってこよう」

「そうか、ありがたい。や、だが、師走だからな、忙しいであろう。急ぎはせぬゆえ」

「うむ、まあ、今月のうちには行けるはずだ」

加門は目元に笑みを浮かべて、中村に頷いた。

医学所の薬部屋で、加門は生薬を紙に包んでいた。何種類もの薬草が混じり合った独特の匂いを、加門は大きく吸い込んだ。よい匂いだ……。

数個の包みを紐で縛っていると、青山が入って来た。

「できましたかな」

ええ、と加門は顔を上げる。あらかじめ包んでおいた薬代を置くと、加門は腰を上げた。

「いつも助かります。薬種問屋はどうにも手間で」

「なに、かまいません」

そう微笑む青山に、加門は「そうだ」と踏み出そうとした足を止めた。

「以前、連れてきたおいねさんとおみつちゃんは、もう出て行きましたか」

ああ、と青山は裏口を手で示した。

「働いてもらってますよ、ほかに行く所もないというし、おいねさんは言ったとおり台所が上手だったので……」

「そうですか」

ほっとした加門に、青山は「ですが」と肩をすくめた。

「いつまでいられるか……」

え、と眉をひそめる加門に、青山はにっと笑って裏口を指で示した。

「ちょうど今頃、大根を洗っているはず……顔を見て行ってやってください」

はあ、と加門は裏口へとまわった。

木枯らしの吹く外の井戸端に、大根を洗ういねの姿があった。隣にはみつがいて、泥落としを手伝っている。と、加門の目はもう一人の姿に向いた。しゃがんで大根を手に取り、渡している若い男だ。

加門が近づいて行くと、いねは顔を上げ、「あっ」と立ち上がった。前垂れで手を拭きながら、深く頭を下げる。

「あんときは、ありがとごぜえました」

いねはみつの腕を引っ張って立たせる。

「そら、おまえの命の恩人様だ、礼を言いな」

みつは目を丸くして、ぺこりと頭を下げる。

「ああ、かまわぬ、礼などよい」

加門は手で制しつつ若い男をちらりと見た。男は慌てて立ち上がる。

「あ、どうも……あっしは砂村(すなむら)から来てる伊助(いすけ)ってえもんで、ここにはいつも畑の菜っ葉や大根なんぞを持って来てやす」

深川の東隣に位置する砂村は、江戸になって拓かれた農地で、多くの作物が作られている。

ああ、と加門は頷いた。医学所では、昔から砂村から直に青物を買っている。上質の青物は大名屋敷や料理茶屋に納められるが、傷物などは安く売ってくれるためだ。

「親切なお侍様に助けられたって、聞きやした。どうも……」

鉢巻を外して礼をする伊助に、加門は、おや、と思っていねを見た。

いねは恥ずかしそうに頬を赤らめて、うつむく。

そういうことか、と面持ちを弛めた加門に、伊助が顔を上げる。

「おいねさんは青物のことがようくわかっていて、それに、でえじに扱ってくれるんで……」

「ほう、さようであったか」

笑顔を押さえながら頷く加門を、伊助は上目で見る。

「で……あっしは前に嫁をもらったことがあんですけど、子がねえうちに流行病で逝っちまって……」

「ふうむ、それは気の毒なことであったな」

「へえ、なもんで……」

もじもじと手を合わせる伊助に、加門は押さえきれなくなった笑顔を向けた。

「うむ、わかった、おいねさんをもらうことにしたのだな」

へい、と肩をすくめる伊助の横で、いねは顔を赤くする。みつがそんな二人を交互に見上げていた。

「あのう」伊助が顔を上げた。

「いいでしょうか」

む、と加門は首をかしげた。

「いいもなにも、わたしはただの通りすがり、口を挟む立場にはない」

いねと伊助は顔を見合わせて笑顔になった。

「いやあ」伊助が頭を掻く。

「助けたんだからお礼奉公をしろって言われるんじゃねえかと、気になってましたんでさ」

え、と加門は目を見開いた。が、すぐにううむ、と口を曲げた。武士はそのような無体を言う者と、思われているのか、いや、そんな役人が周りにいたのだろう……。

「いや、そのような道理に合わぬことは言わぬ、安心しろ……それよりもよい話だ、よかったな」

笑みを向ける加門に、いねが改めて腰を折った。

「あんとき、助けてもらって……ほんとに、ありがてえと思ってます」

「いや、それも縁というものだ、礼には及ばぬ」

加門は頷いて踵を返した。が、一歩踏み出して振り返った。

「仲よく暮らすがよい」

「へい」

二人に続いて、みつも「へえ」と声を上げた。

三人に笑みを返して、加門は歩き出した。

師走の風が土埃を舞い上げても、加門の目元は弛んだままだった。


年明けて天明六年。

正月の松が明けて、宮地家の膳はいつもどおりに戻っていた。

加門はご飯のよそわれた茶碗を手に取り、湯気に鼻を動かす。

「うむ、よい匂いだ」

白いご飯には、刻んで煮た大根と油揚げが混ぜ込まれている。米の値が相変わらず高いため、千秋が工夫したものだ。

箸を動かす皆を見ながら、千秋が言う。

「ひじきの煮物を混ぜてもおいしくなるそうですよ。今度、それをしてみましょう」

「わたくしも」妙が顔を向ける。

「あさりと葱のご飯がよいと聞きました。明日はわたくしがそれを作ってみます。味噌仕立ての汁物にすると、さらに味がよくなるそうです」

妙は娘の咲を見た。

「そなたはあさりが好きでしょう」

「はい」咲が母を見上げる。

「ですが、葱はあまり好きではありません」

加門は微笑む。はっきりとものを言うところは妙よりも千秋に似ている。

「あら」千秋は孫娘を見る。

「葱は煮込むと甘くなるの、きっと好きになりますよ」

咲は肩をすくめて「はい」と頷く。

千秋は孫に頷き返すと、陽射しが映る障子へと目を向けた。

「今年こそ、お米が豊作になるといいのですけど」

草太郎は箸を止めて、眉を寄せた。

「空のことゆえ、いかんともしがたいのが世の常ですが……」

加門も箸を止めると、皆を見た。

「いや、この先は変わる。今年に間に合うかどうかわからぬが、手賀沼と印旛沼の干拓はずいぶんと進んでいるのだ」年末に意次から聞いた話だった。

「すでに半分以上、すんだらしい」

　まあ、と妙が首を伸ばした。

「その手賀沼と印旛沼というのは、ずいぶん広いのですか」

「うむ、といってもわたしも見たわけではない。しかし、大層広い沼だという話だ。その一部を埋め立てるだけでも、広い田を拓くことになる。なにしろ、沼だから水は豊富にあるし、多くの米が穫れるようになるはずだ」

　加門の力強い言葉に、皆の面持ちが弛む。

「そうなれば」草太郎が言う。

「御公儀の御米蔵にも、たくさんの蔵米が蓄えられることになりますね」

「まあ」千秋が目を見開く。

「そうとなれば、こたびのような飢饉となっても、お救い米を配ることができるのでしょうね」

　ああ、と加門は頷く。

「それになによりも、蔵米が豊富にあれば、米の値を操作できる。無闇(むやみ)に値を上げたり下げたりする米問屋の動きを、制することができるのだ」

草太郎が頷く。

「田沼様の狙いはそこにあるのでしょうね」

妙がしみじみとご飯を見つめた。

「お米の値に振りまわされることがなくなれば、皆、暮らしやすくなりますね」

うむ、と加門は再び箸を取ると、菜飯（なめし）を口に運んだ。

「皆が真っ白いご飯を口にできるようになろう」

ええ、と千秋が微笑む。

「けれど、御爺様（おじじさま）」咲が目を向ける。

「わたしは混ぜご飯も好きです」

皆が目を見交わす。

笑いの立つなかで、加門は「そうか」と孫娘に目を細めた。

第四章　天の災い

一

七月半ば。

御家人、旗本の別なく、多くの役人が大川に向かっていた。

あ、と草太郎が手を上げて東側を指す。

なんと、と加門は口を開いた。

大川の向こう、低地の本所と深川は海になっている。

十二日から降りはじめた大雨は、十七日になってやっと上がった。が、すでに水が溢れ、町を呑み込んでいた。

大川には数多くの舟が浮かんでいる。漁師の舟や渡し舟、普段、川を行き交う猪牙舟や伝馬舟など、小型の舟がぎっしりと水面を埋めていた。公儀が洪水に見舞われた人々を救うために、お助け舟を出すことにしたためだ。お触れを聞いた舟の船頭がすぐさま集まり、その数は千四百五十艘にも上っていた。

「皆の者、舟を出せ」

指揮する声に、役人らは舟に乗り込んでいく。

役目を越えて人が集められ、御庭番も駆けつけていた。

「こちらに」

空いていた猪牙舟に、草太郎ら若い者が乗り込む。加門は足を止めた。自分のような老いぼれが乗って役に立つのか……と、己に問うていた。が、すぐに足を出した。いや、まだ腕には力がある……。

舟に乗り込むと、すぐに漕ぎ出され、舟は揺れながら進んだ。

本所の南が深川で、その先は海だ。水はそちらに流れて行くが、北からはさらにどんどんと水が流れ込んできていた。

一面が水だ。

平屋の家は屋根まで沈んでいる。

二階屋にも水が及んでいる。が、その屋根には人がいた。

「助けてくれぇ」

声を張り上げて手を振っている。

寺の屋根にも人が集まっていた。

舟はそれぞれの方向を決めて進んで行った。

「あ、人です」草太郎が舟から身を乗り出し、うつ伏せで浮いた男を指す。

「あちらに行ってください」

船頭を見上げる。棹を握る船頭は「いや」と首を振った。

「ありゃもうだめでさ、見りゃわかる」

そう言って、棹を操る。

加門は辺りを見まわした。

うつ伏せや仰向けで浮く人々が、波に揺れている。多くは動いていない。

「あ、あっちに」

草太郎が声を張り上げる。

浮き沈みしながらも手が振られている。

大きな桶にしがみついた男だ。その首には女の子が腕をまわしていた。

よし、と舟はそちらに向かう。

桶にぶつかると、男は舟に手を移した。

「まず子供だ」

皆が手を伸ばし、子供を引っ張り上げた。

加門は男のほうに手を伸ばし、手首を握る。皆の手もそれぞれに腕をつかんだ。

「上げるぞ」

勢いよく引き上げ、男も水を蹴った。頭から舟に転がり込む。男はすぐに身を立てると、子を抱き寄せた。子の強ばっていた顔が、安心したのかたちまちに歪み、大きな泣き声を上げた。

「よし、もう大丈夫だ」

「うむ、怪我はないか」

覗き込む役人らに、男は子を抱きしめて「うんうん」と頷く。

「あちらにも人がいるぞ」

加門は手を上げた。

浮いた腰板障子に、二人がつかまっている。長屋の戸と見えるが障子は破けて、板も割れ目が見える。

「助けてくれえ、おっかさんは泳げねえんだ」

若い男が声を張り上げた。隣の母親の襟首をしっかりとつかんでいる。

舟はそちらに向かう。

戸板は割れ目から水が上がり、沈みかけている。

母親は息子の手を振り払うと、両手で戸板を押した。

「おめえは助かれ」

戸と男が押し出される。同時に、母の姿が沈んでいく。

「おっかさん」

男は戸を離して、母へと手を伸ばす。

草太郎が縄で輪を作り、振った。

「これにつかまれ」

それを投げる。

男が手を伸ばし、それを握った。

「よし」

舟の皆が縄をつかむ。

「それ」

母親を抱きかかえた男を、引っ張る。

舟に引き寄せて、母親を引き上げると、男は自分で舟に上がってきた。

その首筋に血が流れているのを認め、加門は手拭いを出した。

「怪我をしているな」

あ、と男は耳の後ろを押さえた。

「浮いているときに、流れてきた木にぶつかったみてえで」

手拭いで押さえると、母を見た。

「おっかさんは、どっかぶつけてねえか」

ああ、ああ、と母は震え出す。安堵して怖さがこみ上げているのがわかった。

加門は四方を見まわす。

お助け舟が、方々で人を引き上げているのが見えた。

が、動かないままに海へと流されていく姿も数多くあった。

「木の上に人がいるぞ」

その声に、舟は向きを変えて進んで行った。


数日後。

御庭番の詰所に、馬場兵馬が入って来た。

「海にたくさんの遺骸が上がっているそうです。鈴ヶ森の浜では、打ち上げられた遺骸が、数千にものぼっていると」

なんと、と皆が顔をしかめる。

鈴ヶ森は東海道の品川の先の大井村にあり、刑場としても知られている。海辺に位置し、浜辺がすぐ近い。

「死者は三万人を越えるのではないか、という話も聞きました」

吉川孝次郎も言う。

草太郎はくっと唇を噛んだ。

「去年は旱だったというのに、今年は洪水とは……」

「うむ」中村が眉を寄せる。

「お救い小屋にはまた人が増え、大変なことになっているらしい」

公儀は家を失った人々に、大きな握り飯や粥を配っていた。関東郡代の伊奈半左衛門もすぐに動き、やはり大握り飯を配っていた。

「大雨は関東だけでなく、北の地にも降ったそうです」孝次郎は言う。

「利根川が溢れたというのも耳に挟みました」

「利根川か」加門は眉を寄せた。

「あそこは三年前の浅間山の噴火の際にも溢れたからな」

洪水が起こり、はじまっていた印旛沼と手賀沼の干拓を台無しにしていた。それから立て直し、再び起こしたのが、今の干拓工事だった。

「そういえば」草太郎が眉を寄せる。

「噴火で出た土砂が川底に溜まり、水が上がりやすくなったと聞きました」

「土砂か……噴火がそんなところにまで尾を引くとは……」

兵馬が眉を寄せる。と、その顔を廊下に向けた。

足音が慌ただしく近づいて来る。

開け放した襖から、明楽が飛び込んで来た。

「大変です、印旛沼と手賀沼の干拓地が流されたそうです」

「なんだと」

加門は思わず腰を浮かせた。干拓の工事は進んでいると、意次から聞いていた。

「埋め立ては七割方、すんでいたはずだ」

「はい」明楽が座る。

「ですが、利根川から水が流れ込み、すべて沈んでしまったそうです。土が流されて、すべて無になった、と……」

「元の木阿弥(もくあみ)、ということか」

中村が天井を仰ぐ。

「元の……」と、加門はつぶやく。せっかく、ここまで進んだというのに………。

意次の顔が胸に浮かぶ。

くそっ、と心中で吐き捨てると、加門は立ち上がって開け放たれた窓に立った。なにごともなかったように晴れ渡る空を、加門は睨みつけた。

二

八月十五日。

江戸城の本丸にはひそかなざわめきが広がっていた。

「上様はいかがなされたのだ」

「このようなことは初めてではないか」

廊下を歩きながら人々がささやきを交わす。

毎月十五日は、朝会惣出仕(ちょうかいそうしゅっし)として直参が揃って登城し、将軍に挨拶をするのが慣例だ。

挨拶といっても、皆、低頭するだけにすぎない。身分の高い者は将軍と同じ間に上がれるが、それ以外の者は大広間や廊下などで、腰を折るのみだ。旗本といえども、大身でなければ、将軍の足先すら見ることは叶わなかった。

その朝会が終わり、人々が散会すると、徐々にささやきが広がっていった。

「上様はお出ましにはならなかったそうだ」

「代わりに御世子がお出ましになったと……」

加門の耳にもすぐにそれが入ってきた。家斉様が代わりを務めたのか……。と眉を寄せつつ、加門は耳をそばだてる。

「病ということだろうか」

「ううむ、これまでどのような時にも、お出ましになられたというに」

家治は将軍の座について二十六年、十五日の朝会に姿を見せないことはなかった。

加門はうつむく。やはり、お加減がよろしくないのか……。

八朔(はっさく)の日を思い出していた。八月の朔日(ついたち)は家康が初めて江戸に入った日として、祝いの儀式が行われる。直参は白帷子(しろかたびら)を着て登城し、将軍も皆の祝いに応える。

八朔の朝、加門は中奥の廊下で、お出ましのために進む家治の姿を遠目に見ていた。

あのとき、お顔の色が白く、浮腫(むく)んでいるように見えたのは気のせいではなかったか……。

加門はぐっと唇を噛んだ。


夕刻、加門は田沼意次の屋敷を訪れた。

しばらく待たされたあと、やって来た意次は、座るなり溜息を吐いた。

「すまん、待たせた」

「いや、いきなり来たのはこちらだ、お客人であったのだろう」

うむ、と意次は顔を上げる。

「医者を呼んであったのだ」

「医者とは……もしや、上様のためか。今日、家斉様が代わりを務められたと聞いて、気になっていたのだ。朔日の折にも、お顔の色がよくなかったゆえ」

「うむ、やはりわかったか」意次は顔をしかめる。

「あのあとから、お加減が悪くなられたのだ。加門……浮腫(ふしゅ)が表れるというのはどのような病が考えられる」

ふうむ、と加門は腕を組む。

「浮腫の出やすいのは腎(じん)の臓、それと心の臓の病だ。ほかにもあるが、まず気をつけるべきはその二つとされている」

ふう、と意次は首を振る。

「やはりか……うちに出入りしている医者にも尋ねたのだが、同じ答えであった」

「奥医師はなんと言っているのだ」

「はっきりとはわからん、と。ずっと河野仙寿院が診ていたのだが、いっこうによくならぬので、皆で相談をして、今日、大八木伝庵に変えたのだ」

「ほう、どちらも漢方の本道（内科）だな」

「うむ、だが、大八木伝庵も病はなにか、はっきりとせぬと言うし、薬も河野の出した物と大きく違えることはしない、と言うていた。ゆえに、蘭方の心得のある医者を二人、呼んだのだ」

「そうであったか、蘭方であれば、使う薬はまったく別の物になろう。快癒につながるかもしれん」

そうか、と意次は目元を少しだけ弛ませた。

「明日、お城で申し出てみるつもりだ。二人とも町医者ゆえ、奥医師としての身分を与えなければならん」

「ふむ、なんという医者なのだ」

「若林敬順(わかばやしけいじゅん)と日向陶庵(ひゅうがとうあん)という者だ。町医者ながら蘭学を学んでおり、知識も幅広い。熱意のある医者だ」

「ほう、なれば期待できるな……して、上様のごようすはいかがなのだ。床に伏していらっしゃるのか」

うむ、と意次は顔を歪めた。

「だが、数日前から、わたしもお目通りできていないのだ」

なんと、と加門は身を乗り出す。

「そなたはただの老中ではない、御側御用人でもあるのにかかわらず、か」

意次が頷く。

「一橋様が取り仕切っておられて、お身内の者以外は近づけぬようにしておられる」

「治済様が……そうか、子息が上様の養子となられたのだから、一番近いお身内……家斉様はまだ十四歳という若さゆえ、うしろ盾となっておられるのだな」

「そういうことだ。家斉様や清水様、それに定信様にはお見舞いを許しておられるが、それ以外は、用を命じた小姓しか部屋に入れぬ」

「御三卿で固めている、というわけか」

「うむ、あとは御三家の方々のみ、お通ししておられる」

加門は顔をしかめた。清水家の当主重好は家治の弟であるから、見舞いを許すのは当然のことといえる。しかし、定信侯まで……。

定信も御三卿田安家の出ではある。が、養子に出た今の姓は、すでに徳川ではなく松平だ。

口をへの字に曲げる加門に、意次は頷く。

「まあ、しかし、若林殿らが診ることになれば、上様のごようすもわかる。今は、それを待つしかあるまい」

ふうむ、と加門は口を曲げたまま腕を組んだ。

「早くご快復なされるとよいが」

「うむ」

意次は拳を握ると、城の方向を見上げた。

四日後の十九日。

若林と日向の二人に、蔵米二百俵が下され、奥医師の身分が認められた。

さっそく、二人は将軍の手当てを開始し、新たな薬を処方した。

その夜。

加門は田沼家を訪れた。

すぐに現れた意次を見て、加門は腰を浮かせた。

「どうしたというのだ」

意次の面持ちが病人のようにやつれて見えたためだ。

腰を下ろした意次は「よく来てくれた」と、加門を見た。

「ほかの者には話せぬことゆえ……」

加門は膝行して、間合いを詰める。

「なにがあったというのだ、二人の医者は上様を診たと聞いたが」

うむ、と意次が目だけで頷く。

「しかし、今日のうちに罷免された。二人が出した薬を服まれたところ、上様のお加減がにわかに悪くなったというので、退けられたのだ。明日からまた大八木殿が診ることになった」

えっ、と加門は腰を浮かせる。

「薬の効き目など、半日でわかるものではない。そもそも、すぐに具合が悪くなるなど、よほど強い薬でなければ、起こりえないことだ。重い病態の患者に、そのように強い薬を出すなど考えられん」

「うむ、若林殿もそう言うていた、そのように強い薬ではない、と。これは……あちらに端から思惑があってのことだったのかもしれぬ。うかつであった」

思惑、とつぶやいて、加門は、はっと唾を呑み込んだ。もしや……。

「だが」意次が上目になった。

「それよりも、大事を告げられたのだ、上様は、もう回復の見込みがない、と二人は言うたのだ」

「な……それは、真に……」

加門の腰がさらに上がった。

「うむ……心の臓がすでに弱っており、脈が取りにくいほどであった、と……いつ、危篤になっても不思議はないということであった」

意次の肩が落ち、息もこぼれる。

加門の腰がすとんと落ちた。口を動かすが、言葉が出てこない。まさか、という言葉だけが頭の中を渦巻いていた。

意次はゆっくりと天井を見上げた。

「まさか、これほど早くに上様が……」

「まだ」加門は拳を握る。

「わからぬ。人は思いもかけず持ち直すことがあるものだ」

その言葉に、意次はかすかに面持ちを弛めた。

「それを願うばかりだ。小姓にようすを尋ねてみようと思うている」

うむ、と加門は頷いた。

翌二十日。

加門は中奥の廊下を見つめていた。

将軍の寝所に続く廊下は、行き交う者もなく、静まりかえっている。

この日、意次は吉宗公の月命日であるため、寛永寺に代参していた。

さらにその翌日。

加門は登城した意次が、中奥の廊下を行くのを遠くから見つめた。

詰所にいた加門は、午後、意次からの書き付けを受け取った。

〈部屋に来られたし〉

そう記された紙片を懐に、加門は意次の部屋をそっと訪ねた。

顔を上げた意次は、目顔で招き入れる。

向かいに座ると、意次は自ら膝行して間合いを詰めてきた。顔を寄せると、加門の耳にささやいた。

「小姓に聞いたのだが、上様はすでにほとんど目を開けることもなくなられている、ということであった。それ以上のことは口止めをされているらしく、聞くことはできなかった」

加門は唾を呑み込む。

意次が顔を伏せた。

「終わりだ、わたしもともに終わる。せめて、上様にひと目、お会いしたかったが……」

加門は拳を握る。将軍が代替わりとなれば、御側衆は皆、入れ替わるのが習いだ。さらに重臣らさえも、替えられることが多い。家重の近習(きんじゅう)であった意次が、次の家治にも用いられたのは〈引き続き用いよ〉という家重の遺言によるものだった。

「しかし、一橋様……治済様はどうされているのだ、これまで、なにかにつけてそなたを頼ってきたお方ではないか。上様へのお目通りくらい、便宜(べんぎ)を図ってはくれないのか」

意次が顔を上げ、小さく歪めた。

「今日、わたしが上様の御寝所に伺うと、治済様もお見舞いにいらしていたのだ。わたしの声に気づかれて振り向かれた、が、その眼を見て、悟った。わたしを見限った目であった」

「なんと……」

加門は目を見開く。その胸中で、考えが渦巻いた。

そうか……これまで意次と結びついてきたのは、上様あってのこと。上様のご信頼が篤い意次とつながっていれば、すべてにおいて都合がいい……だが、上様というしろ盾がなくなれば、もはや不要、と……。

加門は震えそうになる口元を押さえた。二十四日には、印旛沼手賀沼の干拓も、正式に中止が取り決められていた。

意次は、掠れた声を出した。

「わたしは進退を考えねばならん。先ほど、登城差し控えも申し渡された。上様がわたしへ御不快を示された、というのだ」

「な……」

加門の口は開きかけて止まった。

意次は頷く。

「わたしは信じておらぬ。身に覚えもない」意次はじっと加門を見つめる。

「だが、こうなればもう、わたしにはこの先の動静を知ることはできぬ。そなた、なにかわかれば、知らせてくれぬか」

「う、む」加門は大きく頷いた。

「あいわかった。明日から宿直（とのい）としてお城に泊まり込む。なにかあったら、すぐに知らせに来る」

すまぬな、と意次の口が動く。

加門は黙って、顔を横に振った。

三

二十二日から、田沼意次は病のためとして、出仕を控えた。

加門は宿直の代わりを買って出て、詰所に着替えを持ち込んだ。

昼はいくどか中奥の廊下を歩き、ようすを見る。

夜はいくども目が覚め、厠に行きがてら、耳をそばだてて目を動かした。

二十五日、明け方。

加門は目が覚めた。

深く眠ってはいないため、物音や気配でも、すぐに目が覚めた。

起きて、そっと廊下に出ると、耳を澄ませた。

遠くから、廊下を行く人の足音が聞こえてくる。

加門はそちらへと進んだ。

将軍の小姓が走って行く姿が見えた。

すぐに詰所に戻り、加門は着替えた。

もしや……と、帯を締める手が震える。

身支度を調えると、廊下に出た。

先ほどの廊下を別の小姓が、走って行く。あとに続くのは別の部屋にいたらしい奥医師だ。

いくつもの足音が、廊下を慌ただしく行き交い、本来の静寂(しじま)を破っている。

加門は中奥の戸口から、外へと出た。

木立の陰に立つと、じっと戸口を見つめた。

中奥に馳(は)せ参じる者は、長い城表の廊下を通らずに、直にこちらから入る。その戸口から、早足で出て行く者もあった。

加門は息を呑み込む。握っている手に汗が滲んだ。

やがて、小走りにやって来る人々が見えた。西の丸御殿から駆けつけた家斉だ。小姓も二人、従っている。

戸口から駆け込んで、一行の姿は消えた。

もしや、と加門は汗で濡れた掌を開いた。

同じ道筋をまた人がやって来る。奥医師や医官らだ。

次に現れたのは一橋家の徳川治済だった。急ぎ足ながら、腕を振り、落ち着いて中奥に入って行く。

そのあとには、弟の重好が小走りで現れた。家治と重好は幼い頃から仲がよく、重好が清水家の当主となってからも、家治は屋敷を訪ねたりしていた。重好の顔には、ほかの者にはない悲痛や動揺が見てとれた。

訪れた人々は、皆、御殿へと入って行き、中奥の入り口は静かになった。

加門はそっと戸口を見つめる。が、中で起こっていることはわからない。

城をあとにした加門は、本丸下に続く坂道を下りた。

番方の詰める番所は、常であればまだ静かであるのに、すでに人々が動き出している。事態の真相は知らずとも、人の出入りに対応したらしい。

加門は大手御門へと進んだ。

そこから出れば、田沼家の屋敷はすぐだ。

御門に近づいた加門は、はっと足を止めて身を脇に引いた。

御門をくぐった人がこちらに向かって来る。松平定信だ。

急ぐふうもなく、定信はいつものように胸を張って歩いて来る。

礼をしつつ、加門は上目でその姿を追った。

顎を上げ、大股の足捌きで、定信は御殿へと向かって行った。

その日、城からの布告はなにもなく、翌二十六日もなにもないままに過ぎた。


八月二十七日。

「聞きましたか」

林が詰所に駆け込んで来た。

「お達しが……」

この日、月番であった老中水野忠友によって、申し渡しがなされた。

老中田沼意次は病によって職を辞するを願い出たため、御不快を示されていた上様がそれを許された。よって、老中と御側御用人の役を取り上げるとする。それに伴い、これまでの溜間詰から雁間詰（かりのまづめ）とする、というものだった。雁間は無役の大名が控える間だ。

それを聞いた加門は、詰所で唇を噛んだ。

二十五日、中奥の常ならざるようすを伝えた折、意次は〈まさか〉とつぶやいた。

〈よもや、これほど急に儚くなられるはずはない……〉

信じられぬ、とその眼は揺れていた。

申し渡しには、御側御用取次の稲葉正明の罷免も続いた。

いずれも上様の思し召しである、という理由付けがなされていた。

だが、将軍家治のようすは伝わってきていない。城中では、密かに〈上様薨去〉の噂が広まりはじめていた。

御庭番の詰所で、加門は拳を握りしめていた。

草太郎がその横顔を窺う。

「田沼様が老中を辞されるとは……」

「うむ、わたしもまさかと思うた。だが、上様の思し召し、とされれば、誰も口を開くことはできないであろう」

「ですが」孝次郎が顔をしかめる。

「稲葉様までとは……田沼様とは姻戚であるがゆえ、ですか」

正明の子の正武の妻は、意知の養女だ。意致の娘を意知の養子とし、そこから稲葉家に嫁がせたつながりだった。

「そうさな」加門が頷く。

「稲葉様は田沼様が才覚を買って引き上げたお方。稲葉様ご自身、田沼様の政に賛同され手腕を発揮されていたからな、今後の邪魔と見做したのだろう」

稲葉家は三千石の旗本であったが、働きが認められていくども加増され、一万三千石の大名となっていた。

「ですが」兵馬が身を乗り出す。

「それは水野様も同じではないですか」

老中水野忠友は田沼意次と道を同じくし、そのために出世をした人物だった。忠友は、意次の息子意正を水野家の跡継ぎとして養子にまでしている。

「水野様のほうが、もっと田沼様と縁が深いのではないですか。なのに、罷免を言い渡すとは……」

ふむ、と加門は眉を寄せる。

「おそらくあちら側に付いたのだろう、機を見るに敏、ということか」

「あちら、とは」

小声で問う孝次郎に、草太郎がぼそりとつぶやく。

「次の上様とそこにつながる方々だ」

「しかし、そんな掌(てのひら)を返すようなことを……」

兵馬の尖った声に、加門は目元を歪めた。

「うむ、さすがにわたしも驚いた……人の本性というのは、いざとなったときに顕れるものだ」

加門はさまざまな人の顔を思い浮かべた。田沼意次は終わった、と誰もが思うているに違いない、そうなればあとは……。

「この先も、いろいろと起こるであろう」

加門はそうつぶやいて目を伏せた。

夕刻。

加門は田沼家の屋敷を訪れた。

これまでは目通りを願う人々の行列があった門前も、しんと静まりかえっていた。

意次と向かい合ったものの、加門は口を開きあぐねていた。なんと言おうか、ずっと考えていたにもかかわらず、言葉は浮かばないままだった。

意次がそれを読み取ったように、口を開く。

「こうも、なにもかも変わるとはな……」

その面持ちは、苦く歪んだ。

加門は黙って息を呑み込む。実は将軍はすでに死去されたのではないか、という考えがずっと頭の奥にあった。おそらく二十五日、中奥が慌ただしくなった朝に。しかし、その思いを口にするのはためらわれた。

意次は目を上に向けた。天井を突き抜けて、空を見る目になった。

「意知が生きていてくれれば、政策を先へとつなげてくれたであろうに……これで、すべてが終わりだ」

加門は、唾を呑み込んだ。そう、終わる……田沼意次の道を閉ざす、という思惑どおりになるわけか……。

そう思うと、腹の底が熱くなる。

顔を歪める加門に、意次は苦笑を見せた。

「人の心は計り知れぬ。今日一日だけでもそれを思い知った」

「水野様の変わり身には、皆、呆れている」

加門の言葉に、意次は苦笑を深める。

「うむ、あのお方には今日も……」

言いかけて黙った意次に、む、と加門は首を伸ばす。

「なにかあったか」

意次は苦い顔でうつむく。

「いや、あのように世を泳ぐ術を知っているお人こそが、生き延びていくのだろう」

加門は拳を握った。

「わたしはなにがあっても、そなたから離れぬからな」

その強い語調に、意次の顔が変わった。

小さく微笑むと、加門を見つめて深く頷いた。

九月五日。

御庭番の詰所に、そっと中村が入って来た。

加門の横に滑り込んでくると、ささやいた。

「老中の水野様が、御嫡男の養子解消を願い出たそうだ」

「養子とは」加門が息を呑む。

「忠徳様のことか」

田沼意次の息子意正は、水野家の嫡子になって忠徳と名を変えていた。

「そうだ、心底に応ぜざる、という理由で、養子取り消しを望んでいるそうだ」

「気に染まぬ、ということか、なにをいまさら……」

加門は言いつつ、意次の顔を思い出していた。そうか、二十七日はすでにそれを打診されていたのだな……。

耳を立てていた草太郎が顔を向けた。

「ですが、水野様は確か五十も半ば、それで跡継ぎがいなくなるというのは、お家の一大事ではないのですか」

「うむ」中村が頷く。

「常ではありえん。だが、それ以上に、田沼家と縁を切ることが大事、と考えたのであろう」

「なんという」草太郎が眼を歪ませる。

「そこまでなさるとは……」

うむ、と加門も眉を寄せる。眉間に刻まれた皺は、一日、消えることはなかった。

七日。

水野の養子取り消しの願いが許された。新たに親類から養子を迎え、水野家は安泰を得た。

意正は水野を離れたものの、田沼の姓には戻らなかった。意次の生母辰の実家である田代の姓と合わせて、田代玄蕃(げんば)を名乗ることになった。

「なにゆえに、別の名を名乗るのでしょう」

孝次郎が義父に問いかけてきた。

「おそらく意次……様の考えであろう。田沼の名を名乗れば、この先、障りとなるやもしれぬ、と思われたに違いない」

孝次郎がむっと鼻に皺を寄せる。

「なんと……これまでは、田沼家との縁を皆が望んで、養子や縁組みがつぎつぎになされてきたというのに」

「人というものがまさか、このように……」

草太郎が溜息を吐いた。

加門は眉間の皺を深める。

そこに、馬場兵馬が入って来た。

「聞きましたか」

「水野様のことか」

草太郎の問いに、兵馬は首を振る。

「その水野様に、同じく老中の松平康福様が届けを出したそうです。今後、田沼家とは通路いたさず、と」

「なんと」

皆の声が揃った。

通路は深いつきあいではなく、季節ごとの挨拶をやりとりするほどのことだ。それさえもやめる、という宣言だった。

「康福様の娘御は意知様の御正室であったのに、か」

孝次郎の問いに、兵馬が頷く。

「わたしも聞いて驚いた。まさか、と……」

皆、黙り込んで顔を見交わす。

そのなかで、孝次郎がつぶやいた。

「武家というのは……」

加門はその義理の息子に、目顔で頷いた。

八日。

将軍家治の薨去が、公布された。

葬儀や法事で、城内は慌ただしくなった。

同時に、家斉が西の丸御殿から本丸に移るための準備もはじまった。

十二日。

城表の廊下を歩いていた加門は、足の運びを緩めた。

隅から聞こえてきたやりとりが、耳に飛び込んできたからだ。三人の役人が、曲がり角で顔を寄せ合っている。

「千賀道隆殿が」

「うむ、田沼家と義絶する、と届け出たそうだ」

「なんと、千賀殿は田沼様に引き上げられて、町医者から奥医師になったお人ではないか」

む、と加門は耳を立てた。もう広まっているのか……。

「水野様や松平様も驚いたが、千賀殿までとは……なんとも恩知らずな」

千賀道隆は田沼家と縁戚になっていた。意次の側室の一人である神田橋の御部屋様は、町人であったため、千賀家の養女として上がっていた。

「うむ、息子の道有とて、田沼様の御推挙で奥医師になったのであろう。親子ともども世話になっておきながら」

「いや、それを言うのなら水野様や松平様とて変わらぬであろう。家が栄えたのは田沼様のお力だ」

「ふうむ、恩など捨てなければ、城中に生き残ることはできぬ、ということか」

「うむ、我らも、この先気をつけねばならんな。田沼様と親しくしていたお方には近づかぬことだ」

背を向けたまま、加門は拳を握った。まったく、あの千賀殿までが……。意次の顔が思い浮かんで、唇を噛んだ。

強ばった面持ちのまま、加門は廊下を進んだ。

城中での人々の動向を、知ろうと思ってのことだった。

勘定所に近づいて、そっと目を配った。

廊下の隅に二人、立っているのが見える。

ゆっくりと近づいて、耳をそばだてる。

「御奉行様がもしもお役御免にでもなったら、今の仕事はどうなるのであろう」

「ううむ、まさか、そこまでにはならぬと思うが」

勘定奉行の松本秀持と赤井忠晶(あかいただあき)は、田沼意次が才覚を認め、奉行に取り立てた者だ。

「せっかく、これまで進めてきた蝦夷地の調査が、中止になることはあるまいな」

揺れる声に、もう一人の声も掠れる。

「いや、わたしとて鉱山開発がここで頓挫(とんざ)しては、これまでの苦労が水の泡……だが、どうなるか、わからぬぞ」

二人はひそひそと言葉を交わす。が、勘定所の部屋から人が出て来たのに気づき、さっと離れていった。

加門は厠へと向かった。

役人らが使う大きな厠に、加門は立った。

奥にいた一人が出て行くが、廊下でやって来た者と顔を合わせて立ち止まった。

「聞いたか」

そのささやきに、加門は耳を立てる。

「上様は毒を盛られたという噂が流れているのを」

「ああ、聞いた。田沼様が送り込んだ医者が怪しいという話であろう」

「うむ、二人の医者が出した薬を服まれて、上様はお加減が急に悪くなったというではないか」

「いや、それは鵜呑(うの)みにしないほうがよい。そもそも、上様がおられなくなって、一番困るのは田沼様ではないか」

「む……それはそうだ……では、いつもの流言というやつか」

「であろうな、流言には必ず裏があるものだ」

ささやきがぴたりと止む。廊下をやって来る足音に、二人は別れて行った。

加門はそっと厠を出ると、廊下を戻った。

やはり、そういうことか……。眉間に皺が刻まれていた。

四

九月下旬。

神田の道を、加門と草太郎が人混みを縫いながら進んでいた。

「あそこに入ろう」

加門が先に立って、飯屋の暖簾(のれん)をくぐった。

中は男達で賑わっている。職人の多い神田では、飯屋は女房を持たない男にとっての頼みの綱だ。

加門と草太郎は、小上がりの隙間に上がり込んだ。

運ばれてきた飯を目刺(めざ)しとともに口に入れながら、周囲の声に耳を向けていた。

「へえ、そいじゃ田沼意次が毒を盛ったのかい」

「ああ、大奥から流れてきた話だってえから、確かだろう」

加門はしかめそうになる顔を、ぐっと元に戻した。また大奥か……。

これまでにも大奥が出所だという噂がいくども流されてきた。

大奥は町人にとって、遠くて近い所だ。中に入った者などなく、どのような暮らしぶりなのか、想像も付かない。しかし、大奥に奉公に上がっている娘は、町にたくさんいる。宿下がりのさいには家に戻ってくるし、奉公を終えて町の暮らしに戻る者も多い。大奥で見聞きしたことは決して口外してはならぬ、と決まりがあるものの、家人に洩らした〈ここだけの話〉が広まることも少なくない。

加門は面持ちを変えぬように、もくもくと箸を動かした。が、その手が止まった。

別のほうから聞こえてきた声が、耳に刺さってきた。

「そんじゃあ」若い男の声だ。

「浅間山の噴火も旱も洪水も、田沼意次のせいだってことかい」

「そうさ、昔っから、悪政への天罰に災害が起きるってえじゃねえか。大島の噴火だって、流行病(はやりやまい)だって、大火事だって、みんな田沼意次が老中になってからだ」

加門は抑えきれずに、そちらに目を向けた。草太郎も顔を向ける。

話しているのは職人ふうの男だ。

「ま、湯屋で聞いた話だけどよ」

「ふうん、けど、政が悪いと天地が乱れるってのは、聞いたことがあるな」

加門は息を呑み込んだ。それは、昔からの言い伝えだ。天皇の御代にもそう信じられており、聖武天皇は災害や疫病が続くのを己の不徳によるものと悩んだとされる。奈良に大仏を建立したのも、それを償うためであったとも伝わっている。

加門は箸をぴしゃりと置いた。馬鹿な……。震えそうになる口元を、嚙みしめた。

「出ましょう」

草太郎のささやきに、加門は頷いた。

飯屋を出ると、二人は大川に向かって歩き出した。

加門は荒くなりかかっていた息を、歩きながら整える。

両国の広小路を折れて柳橋を渡ると、二人は大川のほとりに立った。

草太郎は振り返ると、

「とんでもない噂でしたね」

と、つぶやいた。

「うむ、だが、やはり思ったとおりであった。意次が推挙した二人の医者を、なにゆえに十九日になって用いたのか、わたしはそこに人の思惑を感じていたのだ。おそらくすでに上様のご容態が悪くなっていたのだろう。そこで、新しい医者に薬を出させれば、容態の悪化を二人のせい、いや、意次のせいにできる」

「はい、わたしもそうではないかと、思うていました」

「うむ、意次もすぐに気づいたようだった」

策に嵌められたのだ、と思うと、加門は人気のない川辺で、抑えることなく顔を歪めた。

「大奥から出た話、というのもいかにもですね」

「うむ、町人はそれで信じてしまうからな。毒殺の話も大奥の話も、直参であれば理に合わぬ話とわかるが、町人はわからずとも無理はない」

「はい、大奥は田沼様を信頼し、よいつながりを持ってきたというのに……」

「いや」加門は眉を寄せた。

「以前、町で聞いたことがある。田沼意次は大奥に取り入り利用している、という噂がまことしやかに流れていた」

なんと、と草太郎も眉を寄せた。

「なにもかもが悪く解されているのですか」

「ふむ……暮らしに困っている町人が多いのは確か……そうした者は、御政道への不満が高まるであろう、それはいたしかたのないことともいえる。意次がさまざまな政策で手腕を振るい、そのつど名が高まったことも大きかろう。だが……」

加門は光る川面を見つめた。

「意図を持って、悪しき噂を流す者もいたはずだ」

そうですね、と草太郎が頷く。

「あの噂もそうなのでしょうね。災害が田沼様のせいだという……」

「うむ……まさか、そこまで下らぬ話が広まるとは……お救い小屋やお助け舟を忘れたというのか……」

城中で差配をしていた意次の姿を思い出し、加門は大川を見つめた。

洪水の名残のごみが、ところどころ岸辺に引っかかっている。が、元に戻った川面には、多くの舟が人々や荷をいっぱいに積んで、行き交っていた。

十月五日。

加門は御庭番の詰所を足音を鳴らして出た。

新たな布告が城内を駆け巡っていた。

勘定奉行の松本秀持と赤井忠晶の罷免が発表されたのだ。禄を大きく減らされ、役のない小普請組へと落とされていた。

加門は城を出て、田沼家へと向かった。

裏門から入って、勝手知ったる庭を進むと、すぐに家臣が取り次いでくれた。

奥の部屋へと行くと、すでに障子が開けられていた。が、加門は足を止めた。

意次の前に、家老の三浦と井上伊織がいる。

ためらいを見せると、意次は、

「入ってくれ」

と、頷いた。

三浦と井上が開けた場所に腰を下ろすと、加門は意次に向き合った。松本秀持と赤井忠晶の罷免を伝える。

「そうか」意次が上を向く。

「案じていたとおりになったか」

三浦が、意次の顔を窺う。意次が目顔を返すと、三浦は加門を見た。

「実は、こちらにも使者がやって来まして、新たな命が下されたのです。このお屋敷を返上せよ、と」

「なんだと」

身を乗り出す加門に、意次が頷く。

「二万石もお取り上げになった。この屋敷だけでなく大坂の蔵屋敷も返上だ」

田沼意次は以前に、御米蔵を有する大坂の屋敷を賜っていた。

なんと、と口を震わせる加門に、井上が言う。

「木挽町の下屋敷に移れ、との仰せでした。それも三日のうちに」

「三日」

声を尖らせる加門に、意次が顔を歪める。

「そこで、わたしは謹慎となる」

「謹慎……」

声を詰まらせる加門を、家老二人が歪めた顔で見る。

「禄のこともそうですが、屋敷も狭くなりますので、多くの家臣に暇を出さねばなりません」

三浦が言うと、井上が続けた。

「それらをすべて、三日のうちにすませねばならず……」

加門は意次を見る。

深い皺を寄せて、意次は顔を伏せた。

加門はぐっと拳を握る。が、すぐに腰を上げた。

「いや、そのような大変なときに、邪魔をしてすまなかった」

立ち上がった加門を意次が見上げる。

「いや、知らせたいと思うていたところだ。来てくれてよかった」

うむ、と頷いて加門は廊下へと出る。

庭を歩きながら、もう二度と来ることのないであろう屋敷を振り返った。

十二月。

中奥の廊下で、加門は遠目から歩く人影を見ていた。

一橋家の治済が、将軍家斉の御座所へと向かって行く。

家斉は、まだ朝廷から正式の官位を受けていないが、すでに将軍として城の主となっていた。が、十四歳という若さのため、実父の治済が後見として、毎日、登城していた。

治済を見送って、加門は詰所へと足を向ける。と、中村が追いついてきた。

「ちょうどよかった」

そう言う中村と、ともに詰所に入る。

皆が自然と輪になった。

「今、聞いて来たのだが」中村が口を開いた。

「松平定信侯が、老中に推挙されているそうだ。御三家もそろって推しているということだ」

「老中か」加門がそれを受ける。

「以前から田沼様に願い出ていたからな、その田沼様のあとに座ろうということか」

「思惑どおりに進んだ、ということだな」

林が言うと、中村が苦笑を見せた。

「どうやら一橋家の治済様が御三家を動かしているらしい。だが、反対が多くて許されていない、ということだ。田沼様と手を携えていた重臣は多い、それに親しくしていた大名方もたくさんおられる。さらに、大奥の強い反対があるそうだ」

「大奥……」

「うむ、大奥の重役方は、田沼様への処遇が厳しすぎると減刑を願う嘆願書を出したそうだ」

そうか、と加門は大奥の方向に顔を向けた。

「田沼様と大奥は、何十年もよいつながりを持って来たからな」

「しかし」吉川孝次郎が首をひねる。

「それで定信侯が、あきらめるものでしょうか」

「ふむ」中村が鼻を小さく鳴らす。

「あきらめたりはなさらないであろう。上様にも直々に意見書を出された、という話も聞いた」

「上様に」

皆のつぶやきが揃う。

加門は一人、口を固く結んでいた。

十二月。

下城のため、加門は中奥の戸口へと向かった。と、途中でその足を緩めた。

廊下の向こうから田沼意致がやって来る。

西の丸から家斉に従ってきた意致は、御側御用取次として中奥にいる。その意致の目が、加門を捉えていた。加門も目顔を返す。

間合いが詰まると、意致はすっと寄って来た。すれ違いざまに、小声でささやいた。

「お話があります、屋敷までお越しを」

加門は目で頷いた。

城を出て御用屋敷に戻ると、加門は着替えて意致の屋敷へと向かった。

下城した意致がすでに待っていた。

「すみません、ご足労を」

礼をする意致に、いやや、と加門は真顔になる。意致は赤ん坊の頃から知っているため、親戚のような気安さがある。意致も昔から、加門のことはおじさまと呼んで慕っていた。

なにか、と目顔で問う加門に、意致は口を開いた。

「実は、越中守定信様が上様に書状をお寄越しになったのです」

「ほう」と、首を伸ばす加門に、意致は膝行し間合いを詰めた。

「わたしは読んでおりませんが、内容を小姓から聞きました。ずいぶんと長い文章で、なにやらわからぬ文言があると言って、上様が小姓に見せたそうです」

「なるほど」

「で、小姓はざっと目を通したそうです。したら、伯父上、田沼意次を誹る言葉が並び、一時は殺そうと目論んで懐剣を懐に機を狙ったこともある、と記されていたそうです」

「な……ん、だと」

目を見開く加門に、意致は頷く。

「わたしも驚きました。ですが、さすがにそれは思いとどまった、と。さらに己にとっては盗賊同様の者であるのに、溜間への昇格を願って金銀を差し出して恥を忍んだ、と、その口惜しかったことが書かれていたそうです」

加門は絶句した。その唾を呑み込んでから、言葉を探した。

「なんという……そのような思いを抱いていたとは……いや、それ以上に、そのようなことを認め、上様に差し出すなど……」

「はい」意致が頷く。

「その分別、いかがなものかと……さらに、ご自身のことを賢良の人と自賛し、ゆえに老中にふさわしいと書いてあったそうです」

加門は口を開く。定信の顔が浮かび、賢良という言葉がそのまわりをまわった。それを振り払うように、加門は首を振った。

「なんとも……」

ええ、と意致は頷く。

「計り知れないお方です。おじさまにはお知らせしておいたほうがよい、と思いまして……」

うむ、と加門は意致を見つめた。

「知らせてもらってよかった。いくつかのことが腑(ふ)に落ちた」

胸の内に、意知の顔が浮かんでいた。

「このこと、伯父上に伝えるおつもりか」

「いいえ」意致は首を振る。

「知れば憎しみが湧くことでしょう。対立が深まるような事態を生むのは、障りにしかならぬかと……誰にも言わぬつもりです」

「うむ、それがよい。憎しみは心の毒となる。毒は知らず知らずのうちに、人を奥深くから蝕(むしば)むものだ」

加門は定信の顔を思い起こして、それを払うように顔を振った。

意致は眉間を狭める。

「ですが、伯父上のことが心配です。定信侯の怨みが消えたとは思えません」

ううむ、と加門は腕を組んだ。

「そうさな、わたしも意次の身辺には気を配ろう」

はい、と意致はほっとしたように頬を弛めた。

「だが」と加門はその目を見据える。

「意致殿も気をつけられよ」

意致は頷く。

「いずれ、わたしも排されるでしょう、覚悟しております」

毅然と背筋を伸ばして、意致は目を伏せた。田沼家に受け継がれた端正な面立ちだった。

十二月二十六日。

田沼意次の謹慎が解かれた。

五

翌天明七年、正月。

意次は登城して、将軍家斉に挨拶をした。

しかし、すべての役を解かれた意次は、出仕の機が減り、屋敷にこもりがちになった。加門はしばしば、木挽町の屋敷を訪ねた。門前は人影もなく、ひっそりと静まりかえっていた。

翌二月。

松平定信の老中採用は否決された。

幕閣の一部と大奥の強い反対によるものだった。

そのまま春が過ぎ、空は夏空に変わった。

五月初旬。

意次の屋敷を訪れた加門は、いつものように奥の部屋へと向かった。

開け放たれた障子の前で、文机に向かう意次の姿があった。

机のまわりには、数枚の紙が散らばっている。

「書状か」

加門の声に、意次は筆を止めて見上げた。

「うむ、上様に宛てて書いている」

「上様に……」

この年の四月十五日、家斉は正式に征夷大将軍（せいいたいしょうぐん）としての官位を朝廷から受けていた。

加門は落ちた紙に手を伸ばす。

「見てもよいか」

うむ、という返事に、加門は生真面目な字の並ぶ紙を広げた。

田沼家が将軍に忠誠を尽くしてきたことなどが、記されている。

「さすがに」意次が顔を振り向けた。

「胸のつかえがたまってな、思うことなどを認(したた)めたくなったのだ」

ふむ、と加門は文字を目で追う。

浚明院(しゅんめいいん)様という文字が目に入る。家治の戒名(かいみょう)だ。

病に倒れた家治が、意次に勘気を示されたと伝えられたことが記されている。それに対して、〈御不審を蒙(こうむ)るべきこと、身に覚えなし〉と、強い筆致で書かれている。

そのあと、病を理由に老中を辞するべき、と人から勧められた、と記されていた。

「これは」加門は顔を上げた。

「真なのか、人に言われて辞めたというのは」

うむ、と意次は口を歪める。

「誰とは言えぬが、強く言うお人らがいたのだ」

なんと、と加門は目を文字に戻す。

意次は家治の回復を信じていたこと、そうなれば、私心なき忠誠はいつのに日か必ず顕れざらんや、と記されている。が、薨去を知って、胸が裂かれる思いであった、と言葉は続く。

加門は顔を上げた。

「家治様は二十五日に亡くなられていた、とわたしは思う」

「うむ……あとで知ったが、そうであったらしい」意次は庭へと顔を向けた。

「わたしはうかつにも、それを秘したお人らに嵌められたということだ。それが、どうにも口惜しいゆえ、上様にお伝えしたくなったのだ。できれば、上様にお目通りがしたい、またお仕えできればさらによい、なによりも……」

意次は顔を上野の方角に向けた。

「浚明院様の御廟を拝するお許しをいただきたい」

その目が潤む。

「そうか」加門も同じほうを見た。

「そなたが御政道で力を発揮できたのも、浚明院様あってのことであったな」

「うむ、家治様がわたしを信じ、お任せくださったからこそ、多くのことをなしえたのだ。御廟で、せめてもの感謝をお伝えしたい」

意次は、その顔を歪めた。

「まあ、無理かもしれぬ……が、いずれにしてもわたしは、一周忌まで喪に服して過ごすつもりだ」

うむ、と加門は頷く。

「家治様にはそなたの心が通じていると思うぞ」

そうか、と意次の面持ちが弛んだ。

「そうであればよいが」

庭の上の空を見上げた。

十五日。

清書された意次の上奏文は、家斉へと渡った。しかし、目通りも復職も、御廟参拝も許されることはなかった。

二十日。

江戸の町では、米問屋が襲われ、大規模な打ち壊しが起きた。

米の凶作で値が上がり続け、さらに買い占めがそれに拍車をかけていた。それは、江戸のみならず、長崎や博多、大坂や奈良、安芸などの各地でも起きていた。北の国々で打ち壊しが起きなかったのは、大飢饉によって人がいなくなったせいだろうと、人々はささやいた。

下旬。

「聞いたか」御庭番の詰所に中村が飛び込んで来た。

「御側御用取次のお二人が罷免されたそうだ」

「誰だ」

加門は腰を浮かせて訊く。

「本郷泰行様と横田準松様だ」

やはりか、と加門は腰を落とした。

本郷と横田は田沼意次に従ってきた者で、松平定信の老中就任に強く反対をしていた二人だ。

「理由はなんだ」

「江戸の打ち壊しのことを、上様にお伝えしなかったというものだ。大事にはなっていない、と申し上げたらしい。が、それは偽り、と告げた者があり、上様がお怒りになったという話だ」

なんと、と加門は顔を歪める。

「それで罷免とは、重すぎるのではないか」

「うむ、明らかに口実、であろう」

翌六月。

十九日に、松平越中守定信は老中首座に任ぜられた。

九月九日。

家治の一周忌が済んだ翌日。

意次は家臣を集め、前に立った。

領地である相良を、今後どのように治めていくか、その方針を説いたのだ。

意次が領主となって以降、農や漁、塩田開発や殖産(しょくさん)、港や道の整備などで、相良は開けてきた。税は低く手当ては厚く、という藩政を領民は喜び、仕事に励んで、ますます豊かになっていた。

しかし、十月二日。

公儀から新たな布告が出された。

「大変だ」

御庭番の詰所に中村が飛び込んで来た。

「田沼様に隠居の命(めい)が下された……」

その内容を聞いて、加門は城から出て、早足になった。

木挽町へと急ぐ。頭の中には、聞いたばかりの話が渦巻いていた。

〈隠居謹慎せよ、とのことだ……〉

さらに領地相良と城は没収、三万七千石もお取り上げになったというものだった。

〈処罰の理由はなんだ〉

加門が問うと、中村は首を振った。

〈老中在任中に数々の不正を行ったゆえ、と〉

〈数々の不正とはなんだ〉

〈いや、そうとしか聞いておらぬ〉

その答えに、加門は詰所を飛び出していた。

これ以前に、田沼家は七万両を没収されていた。川普請のため、という名目で出すことを命じられたのだ。

加門は思わず舌を打つ。もう、それで気がすんだと思うたのに……。

〈田沼家の家督は孫の龍助が継ぐことが決められそうだ。が、謹慎も同時に命じられたと聞いた〉

龍助には残された一万石が改めて与えられ、同時に、陸奥国（むつのくに）に下村藩（しもむらはん）が立藩され、与えられた。

加門は定信の顔を浮かべていた。陸奥の国は白河藩のある地だ。おそらく、拓かれていない痩せた土地を与えたのだろう……。

息が荒くなった加門は、途中で足を止めた。

そこからゆっくりと、歩き出す。

が、しばらく進んでまた足が止まった。

木挽町はもうほど近い。

しかし、と加門は喉の奥でつぶやく。わたしが行ってどうなる……。

加門はぐっと口を結ぶと、足の向きを変え、あてのない方向へ歩き出した。

数日後。

加門は御用屋敷の庭に差し込む黄昏（たそがれ）の陽射しを見つめていた。が、つっと立ち上がると、奥の部屋へと行った。

「草太郎、わたしの部屋に来てくれ」

声をかけると、すぐに障子が開いて、草太郎は父のあとに続いた。

向かい合うと、加門は息子を見据えた。

すうっと息を一つ吸うと、加門は口を開いた。

「わたしは隠居する。そなたに家督を譲る」

草太郎も、すっと息を吸い込んだ。と、腰を曲げて手をつき、額を畳につけた。

思いがけない態度に、加門は戸惑う。と、「父上」と草太郎は顔を上げた。

「お許しいただきたいことがあります」

「む、なんだ」

「わたしは家督を継いだのち、致仕(ちし)したいのです」

「致仕……とは、御庭番を辞するだけではなく、直参であることもやめたい、というのか」

「はい、浪人になります」草太郎がゆっくりと身体を起こす。

「実は、しばらく前から考えていたことなのです。はじまりは……家基様が亡くなられたときでした。あの一件は明らかに毒殺、何者かが、仕組んだことに相違ないと、わたしは思うています」

加門は目顔で頷く。

「あの折」草太郎が顔を小さく振った。

「恐ろしいことだと思いました。己の望みのために、人の命を奪うなど、武家というのは人の心を持たぬものなのかと……」

目を伏せる父に、草太郎は声を強める。

「さらに、意知殿の騒動です。あれは望みのため、というよりも怨みを晴らすためのものでしょう。怨みといっても、理もなく道から外れた私怨。そのようなもののために、才覚ある、国の先を切り拓いたはずの意知殿を殺すなど……」

草太郎は、殺すという言葉を震わせた。

震えるままに、口が動く。

「わたしは定信侯の仕組んだことと、と思うています」

加門は伏せていた目を開いた。

草太郎は身を乗り出すと、拳を握った。

「わたしが宮地家の三代目を継げば、この先、家斉様にお仕えすることになりましょう。家基様のことを思えば、それも喜ばしくは思えません。ですが、それ以上に……老中から命を受けることを考えました。定信侯に従わねばならぬ、と……」

草太郎の顔に赤味が差していた。その怒りが、握った手も震わせている。

「わたしにはできません」

言い放った息子を、加門は見つめ、ふう、と息を吐いた。

「そうか……そうだな、それはわたしとて同じこと……そなたに押しつけて、逃げようとしていたのかもしれん」

加門は腕を組むと、じっと畳を見つめた。そこからゆっくりと天井を向くと、加門はまた息を吐いた。

「わかった」その顔を息子に戻す。

「宮地家の御庭番は二代で終わらせることにしよう」

「え……」

「そなたは継がずともよい、わたしが致仕を願い出る」

え、と繰り返す息子に、加門は頷いた。

「息子はそなた一人、それが病を得た、ということにすればよい。それで辞すれば話は早かろう」

「よいのですか」

「ああ、そなたは明日から出仕するな」

「は、はい」

草太郎が握りしめていた拳を弛める。加門は、面持ちを弛めた。

「定信侯は老中首座として力を振るい、田沼家につながる者をつぎつぎに切っている。

御側御用取次であった意致殿も罷免された。いずれ、我らにもその手が及ぶやもしれん。こちらから辞すると申し出れば、すぐに許されるだろう」

はい、と草太郎の顔が晴れていく。

しかし、と加門は苦笑を浮かべた。

「そなたがそこまで思うていたとはな……なれば、その先のことも考えているのか」

「はい」草太郎は、胸を張る。

「実は……」

夕餉の膳で、加門は妻の千秋を横目で窺っていた。

草太郎も妙をちらちらと見る。

皆が箸を置くと、加門は一つ、咳払いをした。

「話がある」

千秋と妙が、こちらを見た。

再び咳を払って、加門は口を開いた。

「わたしは致仕いたそうと思う」

「致仕……」

千秋のつぶやきに、加門は頷いた。

「徳川家の家臣であることをやめ、浪人になるということだ」

まあ、と目を丸くする千秋に、草太郎が頭を下げた。

「お許しください、わたしの……」

「ああ、よい」加門は手を上げる。

「草太郎はな、町医者になろうというのだ。わたしもそれはよい考えだと同意した、というわけだ」

「町医者ですか」千秋が目をくるくるとさせる。

「まあ、なれば、町で暮らすということですか」

「うむ、少しの蓄えはあるから、家を借りればよい。そこで医者の看板を出す」

まあまあ、と千秋は手を合わせた。

「町で暮らすなど、楽しみなこと。そうなれば、好きに出歩き、どこにでも行けるのですね」

うむ、加門は意想外の妻の態度に、身を引いた。

「や……よいのか」

「ええ、もちろんです」千秋は笑顔になる。

「一生をこの御用屋敷で過ごすのかと思うておりましたけれど、それが町で……」

「禄はなくなるのだぞ」

「はい、わかっております、あ、わたくし、薬を包むお手伝いをします」

妻の笑顔で、加門はほっと肩の力を抜いた。

「うむ、そうか、庭に薬草も植えようと思うている」

「はい、それもお手伝いしましょう、まあ、忙しくなりそうですね」

加門は、そうだった、と思う。娘の頃から、千秋は御庭番の仕事を手伝い、それを面白がっていた。その気性は変わっていなかったか……。

加門は草太郎と妙を見る。

妙は、にこりと笑顔を返してきた。

「わたくしもお手伝いいたします。産婆の技もだいたい身に着きましたから、そちらもお役に立てるかもしれません」

「よいのか」

草太郎が覗き込むと、妙は大きく頷いた。

「はい、わたくし……なんとのうではありますけれど、草太郎様は御庭番よりも医者になりたかったのではないか、と思うておりました」

う、と草太郎が身を引くと、妙は笑顔になった。

「叶わぬことかと思うていましたが、叶ったのですね」

「あら」千秋が身を乗り出す。

「わたくしもそう思うていましたよ」

加門は苦笑する。

そこに草太郎の笑い声が洩れた。

いやぁ、と皆を見る。

「安堵しました。反対されるのではないかと、案じていたのです」

妙がそっと手を添える。

「わたくしは草太郎様の決めることに、反対などいたしません」

まあ、と千秋も笑顔で夫を見る。

「わたくしもですよ」

「そうか」加門は笑みを返す。

「ありがたいことだ」

息子とも笑顔を交わした。が、加門はすぐに真顔になった。

「さて、なれば、願い出るよりも先に、御庭番仲間に伝えねばならぬな。まずは縁戚になっている家からだ」

加門は指を折りながら、顔を巡らせた。

数日後。

吉川栄次郎と孝次郎の親子がやって来た。

「我が家も辞するぞ」皺を動かして栄次郎が言った。

「致仕とは考えこともなかった……いや、このような道があったとは、よくぞ思いついてくれた。もっと早くにそうしておれば、わたしも立派な絵師になれたものを」

その横で孝次郎が笑う。

「その分、わたしが立派な絵師になってみせます」

うしろに付いて来た千江が進み出た。

「町に家移りしたら、近所に住まいいたしましょうね」

うむ、と加門は頷いた。

第五章　虚実の黒幕

一

師走の風が吹くなか、加門は木挽町の田沼家の門をくぐった。

庭を進むと、そこに家老の井上伊織の姿があった。梅の木の下で、枝を仰いでいる。

「あ、これは」気づいた井上が礼をした。

「宮地様」

加門が近づいて行くと、井上は改めて加門の姿を見つめた。

「すっかり医者の先生になられましたね」

加門は苦笑して、左の腰に手を当てる。致仕して町医者となってからは、二本差しをやめて脇差だけになっていた。

「いや、まだなりたてで馴れていないのだ、腰が軽くてな」

苦笑を浮かべる加門に、井上は「そうだ」と声を低くした。

「平賀源内殿も下村藩に移ったと、藩士から伝えられました」

「源内殿が……いや、そうか、直領となって代官が赴任すれば、身許が明かされるやもしれぬ」

「ええ、その懸念はわたしどもも持っていました。ですが、源内殿は勇んで行ったそうです。北の国は飢饉で苦しんでいるゆえ、なにか役に立てることがあるかもしれぬ、と」

ほう、と加門は口元をほころばせた。

「それは、いかにも源内殿らしい」

笑いながら、加門は庭の奥へと顔を向けた。

「えいっ、やあっ、とうっ」

と、かけ声が聞こえてくる。まだ高めの声だ。

田沼家の家督を継ぐことになり、龍助は意明に名を変えていた。だが、まだ十五歳という若年のため、差配は隠居した意次がしている。

「意明殿は剣術の稽古ですか」

はい、と井上が目を細める。

「若殿となられて、励んでおられます。あ、大殿様も奥におられますから、どうぞ」

では、と加門は玄関へとまわった。

見知った家臣に通されるが、加門は廊下を歩きながら耳を澄ませた。

屋敷の中は静かだ。

去年、二万石を没収された際、多くの家臣に暇を出していた。家臣らは身分に応じて相応の金を渡されたものの、誰もが立ち去りがたい顔で去っていたのを加門は思い出す。が、さらに二万七千石の没収を受け、より多くの家臣が同じように屋敷を出て行っていた。

あれほどにぎやかであったのに……。多くの家臣と客人で、騒がしいほどであった神田橋の屋敷を思い出すと、加門の眉間に皺が刻まれた。

先に知らせに行っていた家臣が、障子を開けて加門を待っていた。

中に入ると、意次と家老の三浦が書物を閉じているところだった。

「お、邪魔をしたか」

加門の言葉に、意次が首を振る。

「いや、暇ゆえ、三浦と本を読んでいたのだ。これまで、開くことのなかった書物が山ほどあるのでな」

「はい」三浦が礼をする。

「今更ながら、学んでおります。では、失礼を」

三浦が出て行く。

加門は見送って、意次に向いた。

「先ほど、庭で井上殿にも会うた。変わらぬな」

一万石になると、仕事も少なくなるのだろう、と加門は思いつつ、それを腹の底に沈めた。が、それを読み取ったように、意次が言った。

「ああ、二人はもう家老ではないのだ」

え、と目を見開く加門に、意次が頷く。

「いや、城の明け渡しまで、家老の務めはきっちりと果たしてくれたのだが」

十月、領地や城の没収が言い渡されると、ほどなく江戸から収城使が派遣された。十二日には早くも、公儀から役人四十人あまりが相良に着き、明け渡しが通告された。さらに十一月二十三日には、命を受けた岸和田城主の岡部長備が、二千六百もの家臣を連れて到着した。下命はほど近い横須賀などの四藩にも下され、それぞれ五十名が派遣されて、城を取り囲んだ。

相良城では粛々と準備を進め、十一月二十五日、城は明け渡された。藩士らは、振り返り、慟哭しつつ城をあとにした。その藩士のうち、下村に移ることができたのは少数で、禄を減らされたことにより、大半が浪人となった。身分に応じて手当てを受け取り、相良藩士は散りぢりになった、と江戸に伝えられていた。

それらはもうすんだこと、とでもいうように、意次は微笑みを見せた。

「実はな、新たな藩となったゆえ、新たな制度を敷いたのだ。家老や用人は、家臣らに決めさせた」

「は、どういうことだ」

「うむ、その下に付く中程の身分の者らに、推挙させた。二十人ほどの重臣のなかから、ふさわしいと思う者の名を記して出せ、としたのだ。名を記して、書いた者の印を押して封をし、目付に渡す。それを開けて数を検め、多くの推挙を得た者から、役を決定する。それで、新たな家老二人と用人三人が決まったのだ」

「なんと……」

口を開ける加門に、意次は身を乗り出した。

「これは、前々から考えていたやり方なのだ。血筋や家格などとは関わりなく、人それぞれの才覚次第で、役を決める。人を生かせば、よい仕事をなし、よい政につながる。どうだ、よい考えだと思わぬか」

「ううむ……まさに改革だな。そうなれば、親の身分を継いで才覚のない者が合わない役に就く、という仕組みを止められる。己を生かせない一生は、当人にとっても世の中にとっても、もったいないことだからな。逆に才があるのに、身分ゆえに役に就けない者も減る、と……おう、よいではないか」

「そうであろう、以前、上杉治憲殿から聞いたのだが、実のお父上から、人こそが宝である、と教えられたそうだ」

「ほう、そうであったか。それはよい教えだ」

「うむ、わたしもまさに同感、人こそが国の財だ。それを身分などにとらわれて、生かせぬのを見て、わたしはじりじりとしてきた。わたしはこの推挙の仕組みを、御公儀にも取り入れたいと思うてきたのだ」

「ほう、それがなされれば、御政道のあり方も変わるであろうな」

加門が城の方向を見ると、意次も目を向けた。

「まあ、すぐには無理であろう。武家の血筋や家名へのこだわりは、上杉殿の話を聞いて、つくづくと痛感されたしな」

「ふむ、確かに」

加門は頷く。頭の奥に、定信や治済の顔が浮かんでいた。

意次は目を上に向けた。

「この考えには意知も、それはよい、と賛同してくれた。わたしの代では無理であったろうが、意知が生きておれば、種くらいは蒔くことができたやもしれぬ」

加門も思わず天井を仰ぎ見る。意知殿が生きていれば、この国はさまざまな道が開かれたであろう……。

意次は溜息をつくと、顔を戻した。その目を加門の頭に留める。

「髪を伸ばしているのか」

ああ、と加門は月代に手を当てると、生えてきた短い毛を撫でた。

「医者らしく総髪にしようと思うてな、まあ、もうすっかり薄くなってはいるが」

加門が笑いを立てると、意次もつられた。その目を細める。

「どうだ、町暮らしは」

「うむ、よいぞ。囲い内の暮らしがいかに閉ざされていたか、改めて思い知った」

「家人は息災か」

「ふむ、草太郎はあちらこちらに医者として出向いている。御庭番よりも性に合っているようだ。千秋や妙も、楽しげになにかと手伝いをしてくれる。孫も元気だ」

はなれない。

加門は話しつつ、声を落としていった。意次の境遇を思うと、己の幸せを話す気に

「孫はよいな」

意次は微笑む。

意明の下には弟らがいる。三男は夭逝したが、次男と四男は庭で遊ぶ姿を見たことがあった。皆、元気に育ってくれればよいが、と加門は思う。あまり身体が丈夫ではないと、昔、意知から相談を受けたことが、未だに胸に残っていた。

「そうだ、これを」懐から、加門は薬の包みを取り出した。

「補気薬だ、まだ寒さは続くからな」

加門は、肉の落ちた意次の頬から目を逸らす。

「おう、かたじけない。そなたの薬はよう効くからな」

その頬を意次は緩ませた。

「そうか、なればまた持って来る。今度は、子供のための腹の薬も持参しよう」

「うむ、それはありがたい。孫らはよく腹痛を起こすのだ」

心配げに変わった意次の顔に、加門は首を振る。

「よし、では、効く薬を作る。まかせろ」

意次の顔が弛んだ。

もうこれ以上、と加門は思う。不幸があってたまるか……。

庭から、意明のかけ声が風に乗ってかすかに聞こえてきた。その風が障子に当たり、揺らして音を立てる。冷たい隙間風が、流れ込んできた。

意次が目を細めた。

「まもなく年が明けるな」

「うむ、月日が過ぎゆくのは、早いものだ」

「うむ……近頃はよく仏の教えが頭に浮かぶ。すべてのものは移りゆき、留まるものはない……真にそのとおりだと、長く生きるとわかるものだ」

遠く空まで見透すような眼を、意次は上に向けた。

加門はその枯れたような顔を、見つめていた。

天明八年一月初旬。

加門は南向きの六畳間で、絵暦（えごよみ）を広げていた。

「どうだ、よい絵であろう」

吉川栄次郎が刷られた絵を指でさす。はじめのところに、正月の松飾りや独楽（こま）などが描かれている。

「こちらはわたしの絵です」

息子の孝次郎も手を伸ばして、雛人形を指した。

加門が浜町に家を借りると、吉川一家も近くに家移りして来た。親子はしょっちゅうやって来る。

「うむ、面白いな、こういう絵も描けるとは」

加門の言葉に、草太郎も顔を上げる。

「ええ、季節のものや子供の姿まで、よい絵です」

ふむ、と栄次郎は胸を張る。

「絵師は、頼まれればなんでも描けなければならん」

「なれど」孝次郎は笑う。

「父上ははじめはためらっていたのですよ、節句の絵などくだらん、と言って」

「なにを言うか、そなたこそ、迷っていたではないか」

「あれは、どう描けばよいか、考えていたのです」

「なんと、それは負け惜しみというものだぞ」

親子のやりとりに、加門は笑い出す。と、その顔を戸口へと振り向けた。

「ごめんくだされ」

と、声がする。

はい、と妙が開けると、人がするりと入り込んできた。

「おう、これは」

皆が声を揃えた。

入って来たのは馬場兵馬だった。

「お邪魔をします」

兵馬は神妙な顔で、上がり込んでくる。

加門らは笑みを収めて、兵馬を輪の中に入れた。

「なにかあったか」

「はい」と兵馬は加門を見る。

「これは義父上にお知らせせねば、と……相良城取り壊しの命が下されたのです」

な……。加門の声が詰まった。

「相良城は開け渡されたではないか、今は徳川家の所領となっておろう」

「はい、ですが、城は破却（はきゃく）、と」

「なんだと」加門の声が怒声となる。

「あの城は十二年の年月をかけて築城した……陸の竜宮城とも呼ばれた、美麗な城だぞ」

吉川親子も強ばらせた顔で兵馬を見る。

「真か」

はい、と兵馬も同じ顔を返す。

「ほどなく取り壊しのための役人が江戸を出立するそうです。大名らにも人を出させて、破却させるとのこと……」

加門は歯を嚙みしめる。

「あの城を見ようと、多くの人が相良に立ち寄っていた。城があれば、この先も相良の地は栄えるであろうに」

歯がぎりっと、音を立てた。定信か……と加門はつぶやく。そこまでするか……。

吉川親子も、歪めた顔を見交わしていた。

「正気とは思えん」

父の言葉に、孝次郎も頷く。

「壊してなんの得があるというのでしょう」

草太郎が眉間を狭めた。

「ですが改めて、これまでのいろいろなことが腑に落ちました。あれもこれも、正気の沙汰ではありません。そういうお方なのだ、とつくづくわかりました」

皆が黙って頷く。

相良城の取り壊しは、一月十六日からはじまった。

城にあった什器など、売れる物はつぎつぎに売られていった。

門や櫓、御殿などがつぎつぎに破壊され、それは二月の五日まで続けられた。

作業が終わった跡には、瓦一枚残されていなかった。

二

三月。

四日に松平定信は老中首座兼、将軍補佐に任ぜられた。将軍補佐は将軍の代理ともなりえる大老とほぼ同じ役だ。が、大老は井伊、酒井、堀田、大久保の四家が就くものとされている。それ以外の家の者は、将軍補佐となるのが倣いとなっていた。

下旬の二十八日。

老中水野忠友が罷免された。

代わりに老中の座に就いたのは、定信が刎頸の友と呼ぶ松平信明だった。

それを知った加門は遠くから城を眺めて、失笑になりそうな息を呑み込んだ。

水野様も結局、利用されて切り捨てられたということか……。


四月。

加門は永代橋を渡って、深川の町へと入った。

辻を曲がり、一軒の家で「ごめん」と声をかけた。

すぐに開いた戸から、女が笑顔を見せた。

「お待ちしてました、宮地先生、ささ、お上がりを」

すでに馴れた座敷に上がると、二人の女がそこで待っていた。

「先日の薬はどうでしたか」

加門の問いに、志乃が頰を押さえる。

「はい、顔のほてりがなくなりました」

「おう、それはよかった、合ったんですな。では、また同じ物を出しましょう」

そう言いながら、加門は隣を見た。

「絹江殿はいかがですか」

はい、と笑顔になる。

「わたくしも肩のこりがよくなりました」

そこに戸を開けた、春代が茶を運んできた。

「宮地先生のおかげです、奥医師の出す薬よりもずっとようございます」

「ほんに」志乃が続ける。

「奥医師と来たら、我らのような軽い者の訴えなど、まともに聞いてもくれませんでしたもの」

三人は大奥務めをした元奥女中だ。

大奥を辞したものの、実家に戻りづらいと、三人で家を借り、三味線や笛、舞を教えたり、仕立てをしたりして暮らしている。ほどなく加門のことを聞きつけ、医者として呼ぶようになっていた。

加門は、苦笑した。

「お城は身分次第、ですからな、それは男も同じことです」

ま、と、女達が笑う。

はじめの頃には互いに気を張っていたが、何度も通ううちに、打ち解けるようになっていた。

加門は薬箱を開けながら笑顔を向けた。

「町にいるのですから、出歩かれるとよい。動いて面白いものを見れば、小さな不快は気にならなくなるものです」

「あら、そうですね。見世物を見ているときには、忘れます」

志乃の言葉に、春代が頷く。

「ええ、町には面白いものがたくさんあるんですもの、もっと出かけましょう」

ああ、と絹江が首を振った。

「こんなことなら、もっと早くに大奥から下がればよかった……十年早く下がっていれば、まだお嫁入りの口もあったかもしれぬのに」

「そうね」志乃も顔をしかめる。

「わたくしも白髪になるまで大奥にいるつもりだったゆえ、さほどの蓄えもせずにいたことが悔やまれて……」

「いいえ」春代が肩をすくめる。

「まさか、このような仕儀に至るとは、誰も思うていなかったのですもの、しかたのないことです」

春代は口に手を当てて、加門に向いた。

「宮地先生は、お聞きになりましたか、大奥の御年寄であった大崎様のこと……」

「いや……大奥からたくさんのお女中が去ったとは聞きましたが、わたしは致仕したあとでしたし、そもそも大奥のことはわかりません」

首を振る加門に、春代は頷くと、声をひそめた。

「大崎様は……ああ、その前に高岳様ですわ」

「まあ、そのようなこと」

絹江が咎めるような声を出すと、志乃が手で制した。

「かまいませんでしょう、宮地先生は元は御庭番、口外などしませんわ」

加門は頷く。大奥で揉め事があったと兵馬から聞いていたが、そのくわしい内容は兵馬も知らなかった。

春代が膝でずりり、と寄った。

「田沼様が二万石没収となったときから、高岳様はご不満を洩らされていたのです。道理に合わない処罰である、と」

高岳は大奥を統べる筆頭老女だった。田沼意次とは長いつきあいで、表と奥の連携をうまく取っていた。

「それが、さらなるお取り上げのうえに隠居謹慎まで命ぜられ、高岳様は激昂されたのです」

「ええ、それは」志乃も頷く。

「大層な御立腹で、越中守のつまらぬ怨みで、とおっしゃってました」

ふむ、と加門は腹の底で頷く。越中守は松平定信のことだ。田沼意次への私怨は、大奥でも知れ渡っていたのだな……。

「なので、越中守が老中の座を望んでいると知って、さらなるご立腹」

絹江の言葉を春代が受ける。

「ええ、そこに上様からご下問があったのです。越中の老中就任、どう思うかと。高岳様は強く反対されました。

なるほど、と加門は納得する。御年寄の滝川様もです」

滝川もまた、意次とよいつきあいをしていた。その反対が、定信の老中就任を妨げた一因となったわけか……。

「いえ、お二方とも」春代が続ける。

「道理を踏まえた上で反対なさったのです。家重公は将軍縁戚の者は御政道に参与すべきでない、と仰せでしたから。越中守は松平家に移られましたけど、妹君が上様の養女となられていたではありませんか。立派な縁戚でございましょう」

「ふむ、確かに」

加門は首肯しつつ、胸中で考えた。家重公がそう言ったのは、敵対していた弟の宗武と宗尹を遠ざけるためであったろう。だが、高岳もそれを知ってのうえで、理由としたのかもしれない……。

絹江が言う。

「ですが、大崎様は……なにも言わずでした。御年寄といっても上から数えて七番目、皆もあまり気にしていませんでしたけど」

「ええ、それに大崎様は、もとは一橋家に仕えていたという話、越中守を推挙しているのは一橋家の治済様というのは知れていましたから、反対の側に立たないのは当然のことと、思うていました」

「ほう、そうであったか、大崎というお方は一橋家から上がられたのか」

「はい、一橋家から西の丸の大奥に上がって、そこから本丸の大奥に移ったのです。家基様が亡くなられる少し前のことでした」

ふうむ、と加門は眉を寄せる。家基様の死の前、か……まさか、新しい世継ぎのための根まわしではあるまいが……。

「なるほど、そういうお人なら、反対はすまいな」

「ええ、で、話を高岳様に戻しますけど」絹江が割って入る。

「そのあとです、結局、反対を唱えていた御側衆が罷免され、越中守が老中首座になり、田沼様が隠居謹慎の処分を受けましたでしょう。高岳様はさらにお怒りになったのです、納得がいかぬ、と。減刑の嘆願書を出したほどでした」

うむ、加門は頷く。嘆願書は無視されて終わっていた。

「高岳様はほんに、怒りの収まらぬごようすでした。そのまま、老中首座になった越中守と対面されたのです」

加門は身を乗り出した。表には伝わってこない話だ。

「越中守は」絹江が眉を寄せる。

「手を脚に載せていたそうです。大奥の御重役と対面する際には、老中といえど、手を膝の下に置くのが習いだというのに」

ほう、そうなのか、と加門は内心で思った。大奥のしきたりはわからない。

「なので」今度は春江が割って入った。

「高岳様は、非礼であろうとおっしゃったそうです。ところが……」

声が強まり、春江は身を反らした。

「越中守は、非礼はどちらか、大奥など徳川家の召使いではないか、とのたもうたそうです」

なんと、と加門は目を丸くする。

「召使いなどと……」

絹江が口惜しそうに顔を歪めた。

志乃がおずおずと口を開く。

「あとでわかったのですけれど、越中守は高岳様と滝川様が老中就任に強く反対をなさっていたのを知っていたそうです。大崎様が告げ口をなさっていたのです」

「ええ」春江も眉間を狭める。

「その腹いせもあるでしょう、なれど、代々の将軍をお育てしてきた大奥を、召使いなどと見下すとは……」

紅を引いた唇が歪む。

ふうむ、と加門の口も歪んだ。いかにも定信らしい……名は変われど、いまだに徳川の者としてふるまっているのだな……。

志乃が小さな溜息を吐いた。

「なれど、その大崎様も同じ目に……」

「同じ目」加門は首をひねる。

「確か、高岳様と滝川様は、定信侯が老中首座となられてまもなく大奥から去られたのでしたな」

「はい、高岳様も滝川様も、越中守には我慢がならぬ、と仰せになって……そのため、大崎様は身分が上がったのです。そのせいもあって、越中守と対面したそうです。したところ……」

言いよどむ志乃に替わって、絹江が声を上げた。

「大崎様は言ったそうです、御同役ゆえ、この先はなにかあれば相談し合っていきましょう、と。したら、越中守は激怒して、同役などではない、大奥に老中がいるのか、と怒鳴ったそうです」

春代が歪んだ笑みを浮かべる。

「大崎様は、告げ口をしたことで、越中守から引き立てられると思うたのでしょう。なれど、越中守は召使いのくせに、女(おなご)の分際で、という態度……結局、大崎様も辞めていきました」

「そうであったか」加門は顎を撫でる。

「多くの奥女中も処罰を受けた、と聞いているが……遠島になった者もいると」

「はい、それは高岳様らを慕っていた者らが、抗議に立ったからです、あまりにも横暴ゆえ……ですが、そこを突かれました。三十人近くが集まったのを、徒党(ととう)の禁止に反した、と越中守から処罰を受けたのです」

「なんと……それで、先頭に立った者が遠島になったのか」

「はい、ほかにも江戸所払いにされた者も多く、大小の罰を受けました」

肩を落とす春代の横で、志乃が身を縮める。

「わたくし達は、身分も軽いゆえ、そこには加わらなかったのです」

「はい」絹江も肩をすくめる。

「ですが、越中守の大奥への締め付けがますます厳しくなり、すっかり居心地が悪くなったので、下がることにしたのです」

「なるほど、そういうことであったか」加門は大きく息を吐いた。

「いや、聞けてよかった、さすが大奥のお女中は違う」

加門の言葉に、三人は顔を見合わせて肩をすくめた。

「越中守は皆の嫌われ者でした、虫唾が走るという人までいて」

「そうそう、宮地先生、ご存じでしたか、越中守は上様の夜伽の回数まで指図したのですよ、もっと減らせ、と」

「ええ、そのような差し出がましいこと、大奥はじまって以来でしょうに」

三人の話に、

「夜伽の……」

加門が驚く。

ねえ、と三人が細い眉をひそめて頷き合った。

家斉はすでに十六の歳で、奥女中に手を出して子をなしていた。その後も、お手つきは増え、子も増え続けていた。

絹江は肩をすくめる。

「この先も上様の御子は増えるでしょうし、大奥は忙しくなりましょう。あの越中守とではどうなりますことか……退いた身ながら心配です」

ええ、と二人も頷き合う。

加門は外からしか見たことない大奥の御殿を、思い返していた。

三

五月。

木挽町の田沼家は、障子が開け放たれ、夏の風が吹き込んでいた。

加門は庭から上がって行く。

座敷には、文机に向かう意次の姿があった。

「書き物か」

加門は横に座ると、意次の横顔を見た。

「うむ」筆を動かしながら、意次が頷く。

「わたしもこの歳だ、もう、どれほど意明に教えることができるか、わからぬからな、家訓のようなものを書き残しておこうと思うたのだ」

そうか、と加門はつぶやいて、意次の細くなった肩を見た。意知の死でげっそりと痩せ、さらに家治の薨去でやつれた身体だ。続いての家禄没収や謹慎、隠居などで、顔の色艶はすっかり失われていた。まだまだ長生きしてくれ、などという言葉は、言うだけ空しい、と加門は感じていた。

「わたしはな」意次は筆を止め、加門に顔を向けた。

「物を失ったことは、なんとも思っていないのだ。財も土地も、屋敷も城も、なくしたところで惜しいとは思わぬ。禄や屋敷は家が続けば、また得ることもできよう。それよりも、大事なのは志だ。わたしは田沼の血が続く限り、この志を受け継いでもらいたいのだ」

ほう、と加門は机の横に重ねられた紙を見た。

「試し書きだな、見てもよいか」

ああ、と意次はまた筆を動かしはじめる。

加門は紙を手に取ると、書かれた文字を目で追っていく。書き直されたり、消されたり、書き足しなどもあるが、文言が並んでいる。

はじめに〈子孫や家臣は道に外れた行いをせぬよう切に望む〉と記されている。

次に〈七箇条を記すゆえ、毎年の正月には一門が集まって、聴聞の式を行い、末代まで守っていくように〉と書かれていた。

加門の目が、墨蹟を追う。

〈七箇条の一、忠節の大事、とくに家重公と家治公の御代に比類なき御高恩を蒙ったことを、決して忘れてはならぬ。

その二、親孝行はもちろんのこと、親類縁者とも懇ろにつきあうこと。

その三、交際する人々とは裏表なくつきあうこと、目下の人々にも同様にせよ。

その四、家中の者に憐れみを持ち、えこひいきをしてはいけない。家臣は一身を以て主命に従うべし。

その五、武芸に励み、怠ってはならない。特に若い者は、精進すべし。だが、余力があれば遊ぶことを禁じない。

その六、権門、御大身の家々には無礼なきように気を配るべし。公事は軽く見えても念を入れること。

その七、貯えがなく、手元不如意であれば、一朝事あるとき、役に立たない。御軍用差し支え、武道を失うようなこととなれば、不面目……〉

加門は目を上げた。途中で手を止めたようだ。

畳の上の別の紙にも手を伸ばす。

経理の理として注意が書かれている。

〈収納は増えることはないが減ることがある。支出は減少することはないが、予期せぬ出費はしばしばある。油断せずに用心いたすべし……〉

細かいな、と加門は思わず筆を執る横顔を見た。生真面目な意次らしい……。

加門はまた別の紙を取った。

〈領内の取り立ては、きつく申しつけることを慎むべし。百姓町人に対して、無慈悲な扱いをしてはいけない。家中の害は、それに過ぎるものはないからだ。正道を以て、万事に当たること、くれぐれも忘れるべからず〉

加門は小さく微笑んだ。

「そなたらしいな」

「そうか」とこちらを向く。

「まだ、考えて練らねばならん。わたしがいなくなったあと、道を踏み外すことのないよう、伝えてもらわねばならぬからな」

「いなくなったあとのこととは、気が早いな」

加門はためらいつつも口にした。

「いや」意次は首を振る。

「我が身のことはわかる……」

庭の木々へと目を移す。

加門もそれを追った。

いつの間にか降り出していた梅雨の細い雨が、緑を光らせていた。


六月。

町を歩いていた加門は、「おっと」と身を躱した。走って来た男と、危うくぶつかりそうになったためだ。

そのあとを、別の男が追って来る。追う者は「盗人(ぬすっと)だぁ」と叫ぶ。

逃げる男は人を突き飛ばしながら、辻へと消えて行った。

加門は歩きながら路地へと目を向けた。力なく、家に寄りかかっている人々の姿があった。

飢饉によって流れてきた人々は、いまだ江戸に留まっている。

無宿人である彼らのなかには、盗みなどに手を染める者も少なくなかった。

「やだねえ」と道行く女がつぶやく。

「盗人やゆすりたかりばかりが増えてさ、お上はなにをやってるんだい」

「しっ」隣の男が指を立てる。

「隠密に聞かれてしょっ引かれるぞ」

加門は耳を立てながら、行き過ぎた。

隠密という言葉が、町で頻繁（ひんぱん）に聞かれるようになっていた。

七月。

田沼家を訪れた加門は、廊下を進みながら、頰を撫でた。強ばりそうな顔を、弛めるためだ。

座敷の廊下近くに、布団が敷かれている。しばらく前からのことだった。

「どうだ」

加門が面持ちを弛めて入って行くと、意次は枕から頭を浮かせた。

ゆっくりと上体を起こすと、傍らにいた早代に、目顔を向けた。

「脇息をこちらに」

はい、と脇息を布団の上に置くと、早代は会釈をして出て行った。

加門は笑顔を作って、意次の目を覗き込む。

「具合はどうだ、薬は服めているか」

「いや……最近は薬を服むと咽せることが多くなってな、減らしているのだ」

「む、そうか……なればいっそ、やめたほうがよい。咽せて肺の臓を悪くしては、かえってよくないからな」

うむ、と意次は頷く。その目を庭へと向ける。

百日紅の薄紅色の花が、風に揺れている。

「見納めだな」

意次のつぶやきに、加門は唇を嚙んだ。空しい言葉を言う気にはなれないが、かといって口に出せる言葉は見つからない。

意次は加門に顔を向けると微笑んだ。

「そんな顔をするな……わたしはもうよいのだ」顔を庭へと戻す。

「二代の将軍にわたって用いていただき、御政道に邁進できた。ありがたい一生であったと、しみじみと思うているのだ」

「うむ……」

「思い残すことはもうない」

「そうか」

「ああ……ただ、意知のことだけが、不憫であったと、今も……」

意次の口が震え、うつむく。

加門も目を伏せた。

「いや」意次が顔を上げる。

「あの世で、意知が待っていることであろう。会ったら、子を守れなかった父を……詫びたい」

意次の目が横に動いて加門を見る。

「許してくれるだろうか」

「ああ」加門は頷く。

「意知殿は、怒ってなどおらん。むしろ、そなたが斬られるほうがつらいと思う……そういう人柄だったではないか。子供の頃から知っているわたしが言うのだ、間違いはない」

「そうか……そうだな」

意次の目が光る。

「なあに」加門は意次の肩に触れた。「わたしもすぐに追いつく。あちらでまた語らおう」

「いや」意次は顔を向けると、肩に置かれた加門の手に自分の手を重ねた。「そなたはもっとあとでよい。この世に残って、まだこの先を見て、それから来てくれ。そして、それをわたしに教えてくれ」

意次の手に力がこもる。

眼が交わり、そのまま留まった。

加門はゆっくりと頷いた。

「わかった、では、そうしよう」

うむ、と意次の目元が弛んだ。

そっと手を離すと、意次は掌を陽射しに向けた。

加門は目を眇(すが)めて、陽射しの先の空を見上げた。

二十四日。

田沼意次はこの世から旅立った。


十月。

加門の前に孝次郎が座った。

白く長い紙を広げ、孝次郎は墨を磨った。

横にいる草太郎が、二人を交互に見て、口を開いた。

「急に姿を描いてくれ、とは、なにか思うことがあったのですか。どこか、具合が悪いのであれば、隠さずにおっしゃってください」

不安を顕わにする息子に、加門は笑みを向けた。

「大丈夫だ、わたしはまだまだ死なぬ。だが、ふと、思いついたのだ。わたしが死んだあとは、この絵を位牌代わりに掛けてくれ。絵を通して世の中を見ることにする。そして、そなたが死んだら、いっしょに棺に入れてくれ。ともにあの世に行こう」

そうなれば、と加門は思う。意次にさらなる土産話ができよう……。

「ですが」孝次郎が顔を上げた。

「今のお姿でよいのですか、もう少しお若いときのお姿も描けますが」

「ほう、そのようなことが……」

「はい、わたしは昔のお姿をちゃんと覚えています。絵師は見たものが目の奥に残るので」

「へえ」草太郎が感心する。

「なれば父上、お若い頃の姿で……」

「ううむ……いや、では、五十の頃にしよう」

加門の頭の中に、さまざまなことが浮かんでくる。四十九の歳に、意次が相良城の築城を命じられたことが甦っていた。

「はい、では」

孝次郎が筆に手を伸ばす。と、その手を止めた。

「そういえば、先日、兵馬に聞いたのです。林家と藪田家も致仕したそうです」

「なに、真か」

「はい、定信侯が老中首座になられて、御庭番の仕事が増えたそうです。それも、旗本や大名を見張ったり探ったりというお役目で」

「ああ」草太郎が手を打つ。

「わたしも少し前に聞きました。賄賂を受け取っていないか、不正をしていないかと、探っているという話を……目付もそれを命じられ、配下を動かしているそうで、城中では皆が疑心暗鬼（ぎしんあんき）になっているそうです」

「ふうむ、町でも隠密という言葉を聞いた」加門は口を曲げる。

「そうか、それもあって、林殿らも考えたのかもしれぬな」

嫌気が差したのだろう、という言葉は喉でとどめた。

宮地家、吉川家に続いて、林家と藪田家も、天明年間に、御庭番から名を消した。

四

翌天明九年（一七八九）は、正月二十五日に、寛政（かんせい）と号を変えられていた。

夏、加門は大川端に立って、中洲を見ていた。

かつて建ち並んでいた料理茶屋をはじめとする多くの建物が、今、目の先で取り壊されている。私娼として働いていた多くの女は、捕らえられ姿を消した。店も明け渡しを命じられ、人々は去って行った。

この三月には奢侈禁止令（しゃしきんしれい）が出され、贅沢品を持つことを禁じられていた。遊興も制限され、町人の楽しみはつぎつぎに消えて行った。

大勢の人が集まり、江戸一ともいえるにぎわいを見せていた中洲も、倹約の敵とばかりに、撤去されることになったのだ。

加門はかつてのにぎわいを思い浮かべていた。中洲を拓くことを認めたのは田沼意次だった。できあがった多くの店は運上金を納め、それが公儀の御金蔵を潤していた。が、岡場所が増えるにつれ、税を取れば私娼を許すことになる、と批判も出るようになっていた。さらに、遊興を禁じた法が敷かれたせいで、中洲は目の敵とされた。

いや、と加門は壊されていく家々を見て思う。定信侯は意次の作った物をことごとく消し去りたいのだろう……。

「あぁあ」背後から声が上がった。

「中洲ともおさらばか」

町人らが息を吐く。

「遊ぶな、働けっていうけどよ、働くためには遊んで息抜きをするのが大切だって、わかんねえのかな」

「まったくだ、けど、侍も文武に励めと言われて、腐っているらしいぜ」

「ははん、そらそうだろう、中洲には侍もいっぺえ来てたもんな」

「ああ、だからよけいに、なくしちまえってことになったんじゃないか、遊んでねえで文武に励めってよ」

「おう、文武文武って蚊が飛ばぁ」

「おい、うかつなこと言うと、隠密に目をつけらるぞ」

「おおっと、いけねえ」

笑い声になる。

加門は背を向けたまま、町で聞いた狂歌を思い出していた。

〈世の中にかほどうるさきものはなし、ぶんぶぶんぶと夜も寝られず〉

幕臣である大田南畝が、密かに作ったものだと噂されていた。

加門は踵を返して、川を離れた。

翌寛政二年には、中洲はすっかり姿を消していた。埋め立てた土砂を掘り起こし、土手へと移したため、水の底に沈んだのだ。

が、その積まれた土砂が崩され、舟に運び込まれていた。

川辺でそれを眺めていた加門に「宮地殿」と声がかかった。

背後から近づいて来たのは御庭番の倉地だった。浪人に姿を変えている。

「おう、このようなところで会うとは」

そう驚く加門に、

「中洲をご覧でしたか」倉地は言いながら横に立った。

「だいぶ進んでますね、あの土砂、石川島に運ぶのですよ」

倉地のささやきに、「石川島」と返す。

「ええ、人足寄場を作るのです」

「ほお、あそこに作るのか」

増えた無宿人を収容するために、人足寄場が作られるという噂は町にも広まっていた。それを指揮しているのが火付盗賊改の長谷川平蔵だというので、町人の話題になっていたのだ。長谷川は平蔵様と呼ばれ、町人に人気がある。

「しかし、御公儀が金を出し渋っているので、長谷川様は難儀をしているようです。身銭を切っているという話も聞きました」

「そうなのか、だが、御公儀が言い出したことであろう」

「ええ、重臣方が無宿人をなんとかすべき、と話し合っていたところ、長谷川殿がよい案があると申し上げ、まかされたそうです」

ふうむ、と加門は海に浮かぶ島を見た。島にはすでに建物も建てはじめられていた。

「ところで」加門は顔を倉地に向ける。

「御庭番の仕事も忙しいと聞いた。大変そうだな」

　はい、と倉地は頷く。

「直参を探るという役目であるのが、難儀なところです。我らだけでなく、目付も配下を駆使(くし)しているので、皆が警戒し、今では勘定奉行も普請奉行も、さまざまな役所でそれぞれの隠密を使うようになりました。隠密が隠密を探るという、なんともいえぬ有様になっているのです」

「なんと」

「すでに多くの役人が賄賂や不正で処罰を受け、お役御免となっています。しかし……」

　倉地は身を寄せると、ささやき声になった。

「多くは、田沼様を支持していた人らです。城中から田沼様の名残を一掃しよう、というのが狙いでしょう」

　加門はむっと顔をしかめる。

「なるほど、そういうことか」

　この年、定信はもう一人の刎頸の友である本多忠籌を、老中に引き上げていた。前年、就任した老中松平乗完(のりさだ)も定信の意を汲(く)んだ者であり、老中は全員、定信の指揮下にあった。

「ええ、まだ終わりそうにありません。さらに大名方も戦々恐々（せんせんきょうきょう）とし、隠密を放っているのです。特に一橋家は数多くの隠密を使っています。宮地殿はなにか見聞きされていませんか」

「いや、わたしは……だが、町人らさえも、隠密が多く放たれていることは知っているぞ。こうまで大っぴらになれば、もはや隠密とは言えまいが」

苦笑する加門に、倉地も笑いそうになって堪える。

加門は川へと目を向けた。定信侯も一橋家も隠密か……よほど、疑う相手が多いと見える……いや、誰も信じてはおらぬ、ということか……。

中洲の土砂を積んだ舟が、海へと向かって行った。


寛政三年。

町を歩いていた加門は、走って追い越してゆく人のあとに付いた。

「蔦重（つたじゅう）が捕まったってよ」

その言葉に、つい足が速まったのだ。

蔦屋重三郎（つたやじゅうざぶろう）の店は日本橋にある。浮世絵や錦絵（にしきえ）、本などを幅広く出版している版元だ。

しかし、寛政二年に、公儀は出版物への取り締まりを強化していた。華美な浮世絵や錦絵を禁止し、時事を本の種にすることも禁じた。厳しく吟味し、出版の禁止処分などが頻繁に下されていた。意知の暗殺を扱った本などは、すぐさま絶版にされ、作者も版元も処罰を受けていた。

それでも、町人には矜持(きょうじ)を捨てない者がいた。気概の強い蔦屋重三郎もその一人で、公儀を風刺する内容の本をこれまでに出していた。そのたびに出版禁止、版木没収、科料(かりょう)などの処罰を受けてきた。

「今度はなんだってんだい」

店の前に着くと、集まった人々が店を覗いていた。

役人が踏み込み、浮世絵や本などを踏みつけているのが見える。

「山東京伝(さんとうきょうでん)の洒落本(しゃれぼん)が御法度に触れたらしいぜ」

「お上を風刺したのが気に入らねえってこった」

「けっ、小っせえことを言いやがる」

店の中から、縄をかけられた重三郎が引かれて出て来る。

「真っ昼間にやるたぁ、見せしめってことかい」

「ちっ、なんでえ」

人々が吐き捨てる。

「おぅい、蔦重」

声が上がった。

「負けんなよ」

役人が目を吊り上げ、

「誰だ」

と、見まわす。

皆は素知らぬ顔で、空や地面を見た。

「不届き者め」

役人は吐き捨てると、重三郎を引き立てて行った。

その後、山東京伝と蔦屋重三郎は手鎖五十日、さらに重三郎は財産半分の没収が言い渡された。

狂歌がまた新しく広まった。

〈白河の清きに魚のすみかねてもとの田沼の濁り恋しき〉

これもまた大田南畝の作と噂された。だが、公儀の監視はさらに厳しくなり、このあと、大田南畝は筆を擱いた。

冬。

加門の家に、兵馬がやって来た。

その神妙な顔に、加門が「なにかあったか」と問う。

「はい、朝廷が、太上天皇の宣下を強行したのです」

なんと、と傍らの草太郎が声を上げた。

今上の光格天皇は、父である閑院宮典仁親王が太上天皇の位に就くことを望んでいた。光格天皇は前の後桃園天皇の養子であったため、父の典仁親王は天皇には就いていない。親王ではあるが、大臣よりも身分が低いため、光格天皇は父の格上げを望んだのだ。それを天明八年、公儀へ通達していた。

太上天皇は天皇が退位したのちに就く位だ。

ために、老中首座となった松平定信は、それを受け入れなかった。

しかし、朝廷側もそれで納得はしなかった。話は折り合わず、密かに引きずっていたのだ。

さらに、これを知った徳川家斉は、同じく望みを出した。

父の治済を大御所の位に就け、二の丸御殿に呼びたい、と言ったのだ。

大御所も将軍が隠居ののちに就く位だ。

定信はこれも却下とした。

家斉は不快を示したが、定信は頑(がん)として譲らなかった。

それらの話は加門も草太郎も知っていた。

「ううむ」草太郎が唸る。

「では、朝廷は御公儀の意向を無視して、宣下を行ったのだな」

「うむ、公卿(くぎょう)四十人中、三十五人が賛成とした、と言って宣下を決めたそうだ。お城では重役方が集まって、騒然となっていた」

ふうむ、と加門は腕を組んだ。

「それは困るであろうな。それを認めれば、治済侯の大御所も認めねばならん。それは、定信侯としては、なんとしても避けたいはずだ」

「なるほど」草太郎が父を見る。

「治済侯にはこれ以上の権威を持ってほしくない、ということですね」

「で、あろうな、ただでさえ、治済侯が将軍の仕事を代わりに務めているのだ。そこに、大御所の位が就けば、絶対の権勢となろう。もともと将軍になることを望んでいた定信侯にとっては、障りにしかなるまい」

「やはり」と、兵馬が頷く。

「上様も一度はあきらめたごようすでしたが、太上天皇が認められれば、再燃するは必定。上様はずいぶんと強く、望んでおられましたから。城中はしばらく落ち着かなくなるかと」

「そうであろうな、いや、知らせてくれてかたじけない」

加門の脳裏には意次の顔が浮かぶ。あの世で話してやろう……。

「いいえ、義父上のご意見を伺いたいのはこちらです。またなにかありましたら……」

腰を浮かしかけた兵馬が、それを止めた。

「そういえば、大奥ではまた御年寄が辞めました。これで五人目です」

「へえ」草太郎が眉を寄せる。

「それでは、上様もお困りであろうに」

うむ、と頷いて、今度こそ兵馬は立ち上がった。

「では、また」

兵馬はそっと出て行った。

翌寛政四年。

公儀は朝廷との話し合いに臨(のぞ)んだ。太上天皇の位をあきらめる代わりに、典仁親王の位と禄高を上げることで、とりあえずの決着がついた。

　治済の大御所の件も、これで消えて行った。


　加門は深川の浜辺に立って、石川島を見ていた。

　舟が島を離れ、こちらに向かってくる。乗っているのは、長谷川平蔵だ。

　この寛政四年にお役御免となり、人足寄場を去ることになったのだ。

　加門の近くには、町人の男らも立っていた。

「平蔵様も、もうここでは会えねえんだな」

「ああ、けど、立派なもんだ。寄場で手職(てしょく)を身につけたもんは、町でちゃんと仕事に就いてるってえじゃねえか」

「おう、罪を犯すもんが減ったってのは、おれらにもわかるもんな」

「けど、平蔵様も去年は愚痴(ぐち)ってたって聞いたぜ。さんざん苦労したのに、なんのお褒めもないって」

「ああ、身銭まで切ったってのにな」

　舟は浜辺についた。

　町人らが「平蔵様」と寄って行く。

平蔵は気さくに応対をしている。

加門はその姿を見て、なるほど、と頷いた。偉ぶらない人柄が、町人に好かれる理由なのだろう。

長谷川平蔵が褒美として下されたのは、金五枚のみだった。

人足寄場は、町奉行の支配へと変わっていった。

寛政五年七月。

宮地家にまた兵馬がやって来た。

「義父上、お知らせを……」

上気した面持ちで、口を開く。

「定信侯がお役御免となりました。老中首座も将軍補佐も、すべての役を外され……罷免と同じと、皆、噂しています」

「なんだと、真か」

えっ、と草太郎も乗り出す。

「なにゆえに」

うむ、と兵馬が声を落とす。

「そもそもは春に、上様から進退伺いを出せと言われたらしいのだ」

「辞職せよ、ということか」

「まあ、そうなる。しかし、定信侯はそうは思わなかったらしい。老中を辞せば、大老に任じられると考えたのではないか、と噂されているのだ」

「大老」

と、加門はつぶやく。

大老を務めていた井伊直幸は、天明七年、病のために辞任し、その後まもなく病死している。その後、大老職は空いたままだ。

加門は定信の胸を張って歩く姿を思い出していた。四家ならずとも、己ならば大老にふさわしいと考えても不思議はない……。

「いや、あのお方らしい」

「それで、どうなったのだ」

草太郎の問いに、兵馬が頷く。

「辞職を許す、と御下命がなされたのだ」

ええっ、と草太郎は目を丸くする。

「しかし、それは定信侯の本意ではなかったのだろう」

「まあ、嵌められた、ということでないか」

「ふむ、そうであろうな」

加門は失笑をかみ殺した。意次も辞表を出せ、と詰め寄られて辞職に追い込まれたことを思い出していた。事実上の罷免だ。同じ手に自分が嵌まったか……。

「上様の御意向、ということか」

「うむ、それなのだが」兵馬が声をひそめる。

「これは御側衆から漏れ出た話なのだが、以前、上様は定信侯を斬りつけようとしたことがあったらしい」

「なんと」

宮地親子の声が揃うと、兵馬は目顔で頷いた。

「話の内容はわからぬのだが、定信侯の言葉に上様が激昂なさって、傍らの小刀を取り上げたというのだ」

親子が唾を呑む。

「しかし、小姓がすぐさま機転を利かせ、越中殿、上様が小刀を賜りますぞ、と声を上げたそうで、それで、上様も正気を取り戻され、事なきを得た、という話だった」

なんという、加門はつぶやきつつ、しかし、ありそうなことか、と思った。なにを言ったかわからぬが、その物言いや態度がさらに勘気を誘ったに違いない……夜伽の回数まで指図するのだ、将軍を見下す心が透けて見えたのだろう……。

「ふうむ、そのようなことがあったとすれば、おそらく治済侯も不快に思っていたはず、上様と治済侯の御意向、ということであろう」

「ですが」草太郎が顔をしかめる。

「老中方が反対するでしょうに」

「ふむ、そうさな」

「いえ」兵馬が首を振る。

「それが、話し合いは定信侯が伊豆(いず)方面に巡視に出られた最中になされたそうで、松平信明様はじめ、反対はなかったらしいのです。次の老中首座には信明様が就くことも決まっているそうで」

くっ、と加門は失笑を洩らした。

「刎頸の友はあっけなく寝返ったということか」

なんと、と、草太郎は口を開く。

「定信侯もさすがに意気消沈(いきしょうちん)しているでしょうに」

「いいや」加門は失笑を消さない。

「信明様は言ったはずだ、上様の思し召しゆえしかたなく、と。それを定信侯も信じたことだろう。人は真実よりも、己の信じたいことを信じるものだ」

「なるほど……確かに、人は思い込みで動くものですね」

「ああ、思い込みが深いほど、妄動も強くなる」

宮地親子のやりとりに、兵馬は首を伸ばして割り込んだ。

「さらにもう一つ、お知らせしたきことが……徳川家の直領となっていた相良三万石の地は、一橋家の所領となりました」

「なんだと……」加門の面持ちが強ばる。

「治済侯が相良を己がものにしたのか」

眉間に皺が刻まれ、口が震えた。思わず握った手を、加門は見つめた。

そうか、とつぶやいて、加門の面持ちが変わる。

「徳川治済……そうであったか」

顔が歪んで、笑いが生まれてくる。

「そういうことか、気づかなかったとは、なんと間抜けな」

加門は笑いを放った。その姿を、草太郎と兵馬がぽかんと見る。

「どうなさったのです」

息子の問いにも、加門の笑いはとまらない。腹立たしさと同時に、己の間抜けさに笑いが出るのを、抑えることができなかった。

加門は大きく息を吸うと、笑いを収めた。

二人の息子に顔を向ける。

「定信侯はもう用済み……あっさりと切り捨てられたということだ」

頭の中には治済や定信、家斉や家基とつぎつぎに顔が浮かんでくる。

あれもこれも、いや、すべてがはじめから、治済の思惑どおりだった、ということか……なんと巧妙な……。

「義父上」兵馬が首を伸ばす。

「定信侯は手駒にされたということですか」

ふむ、と加門は笑いを歪める。

「当人はそうは思っていないだろうがな……」

定信の顔が脳裏で揺れる。いつか、気がつく日がくるのだろうか……。

加門は歪んだ笑いで天井を見上げる。

草太郎が口中でつぶやくのが、聞こえてきた。

「黒幕……」

加門はその目を伏せて、息子に頷いた。

五

寛政七年。

秋の明るい陽射しが注ぐ縁側近くで、加門は小さな擂り粉木を動かし、擂り鉢の薬草を砕いていた。

あっ、と声を上げると、近くで晒を畳んでいた千秋が振り返った。

「あら、まあ」

と、妻はすぐにすり寄って来た。加門の膝元で、擂り鉢が倒れ、薬草が散らばっている。

千秋はそれを集めながら、夫に微笑んだ。

「このようなこと、草太郎にまかせればよいのですよ」

ふむ、と加門は苦笑する。

「そうだな、近頃は脚だけでなく、手にも力が入らなくなった」

千秋は夫の手に、そっと掌を載せた。

「もう七十七ですもの、しかたのないことです。いえ、お歳よりもずっとお元気ですけれど」

その微笑みに、加門も笑みを返す。

「八十まで頑張るつもりだったが、さすがに疲れてきたな」

加門は小さな庭へと目を向けた。もうよいだろう、意次、土産話もたくさんできたぞ……。

「お茶を淹れましょうか」

そう微笑む千秋に「ああ」と返そうとして、加門は咳き込んだ。

「あらあら」

背中を撫でる妻に、加門は笑みを向ける。

「すまない、どうも風邪気味らしい」

「まあ、医者の不養生ですわ、お休みなさいませ」

覗き込む千秋に、加門は頷いた。

寝付いて数日後。

加門は天井を見つめていた。

木目がいろいろな形に見え、人の顔が浮かんでは消えて行く。

訪れた地の光景も、つぎつぎに浮かんで、流れていく。

長かったような、短かったような……。加門は声にならない言葉でつぶやいていた。

意次の顔が浮かび上がった。

若い頃の顔から壮年の顔に、そして皺の刻まれた顔に変わっていく。それがまた、若い顔に戻った。

ああ、西の丸御殿にいた頃だ……。

意次の顔が笑顔に変わった。

おう、と加門は呼びかける。わたしも行くぞ……。

加門の細い息が、空に消えた。

「旦那様、白湯をお持ちしましたよ」

入って来た千秋が覗き込む。

「旦那様……えっ……」

千秋の手がそっと夫の鼻先に伸びた。

その手が震え、力を失って下ろされた。

千秋は震える唇で、夫の名を呼び続けた。

晩秋の夕刻。

宮地加門は、旅立って行った。

そのひと月後。

千秋もそのあとを追って、旅立った。

「父上」

草太郎は、掛け軸を部屋にかけた。孝次郎が描いた絵を表装したものだ。

「見えますか」

庭に向けた絵のなかの加門は目を据えて、正面を向いていた。

寛政八年九月。

「父上」草太郎が絵と向き合った。

「田沼家を継いだ意明殿が亡くなったそうです」

二十四歳の若い最期だった。

「跡を弟の意壱殿が継いだそうです」

が、その意壱も、寛政十二年に二十一歳の若さで逝去した。

そのあとは四男の意信が継ぐことになった。

五年後。

「父上」草太郎が絵の前に座る。

「寛政が終わりました。今日から享和です」

寛政の十三年は、二月五日に享和へと号を変えた。

「新しい時代です、義父上」

やって来た兵馬が、絵の前で手を合わせた。

「少し、やろう」

草太郎は酒と膳を出して、兵馬と向き合った。

「どうだ、お城のほうは」

「うむ、変わらずだ。ここだけの話だが、定信侯のあとに老中首座になった松平信明様が権勢を振るっている。が、上様は快く思われていないごようすだ」

「ふうむ、なんともな」

「そういえば」兵馬がささやき声になった。

「その上様は、命日のご参拝を欠かさないのだ。祥月命日はむろんだが、月命日にも、必ず寛永寺に代参を出されている」

「命日とは、どなたのだ」

「家基様だ」

家基様か、と草太郎はつぶやく。家治の嫡男として将軍を継ぐはずだったのに、若い命を奪われた悲運の御世子……。

「しかし」草太郎は首をかしげる。

「将軍にならずに終わったお方を、そこまで篤く参拝なさるとは……」

「うむ、だから、城中で密かに噂する者もいるのだ。常ならぬこと、と。これは義父上にもご存命のうちにお伝えしておくべきだった」

兵馬は加門の絵に向いて、目礼した。

「ふうむ」草太郎は腕を組む。

「家基様が亡くなったからこそ、今の上様がある……それを、申し訳なく思うている、ということか」

「そういうことであろう」

兵馬は目元を歪ませる。

いや、と草太郎は唾を呑み込んだ。

家斉様は、家基様がなにゆえに若くして世を去ったのか、その裏を知ったのではないか……将軍を継いだ十代の頃には気づかなかったいろいろのことを、年を経て得心したとしても不思議はない……。

草太郎のその考えを読んだように、兵馬が目で頷いた。

「上様は」草太郎も声を低くする。

「今も御子を増やしておられるようだな」

「うむ、つぎつぎにお生まれになっている」

そうか、と草太郎はうつむいた。昔、遠くから見た姿が思い出された。

将軍の座に就いたのは、一人の犠牲があってのことだった……そう知ればいたたまれなくなるだろう。さらに、将軍とは名ばかり、表向きのことは父の治済が実権を握っている……慰められるのは大奥だけか……。

草太郎は顔を上へと向けた。

「将軍というのも、大変だな」

「うむ」兵馬が神妙な顔になる。

「身分が高ければ難儀も多い。昔は出世したいと思ったものだが、今はもうそんな気も失せた」

草太郎が笑う。

「ああ、身分などなければ、身は軽やかだ。どうだ、そなたもいっそ」

「おう、ときどき考えることもある」

兵馬も笑い出す。

「あら、楽しげですこと」

妙が新しい膳を運んで来て、二人を見て笑顔につられた。

「これは義父上に」

膳を加門の絵の前に置く。

息子二人も、笑顔を絵に向けた。


「父上」草太郎が絵の前に座った。

「また、号が変わりました。今度は文化（ぶんか）です」

享和は四年目（一八〇四）の二月十一日、文化に変わった。

七月。

「父上」草太郎が絵の前に滑り込んだ。

「父上、田沼家のことです。意信殿が亡くなったことは言いましたよね」

享和三年に意信が逝去し、跡継ぎがいなかったために、意次の弟であった意誠の孫、意定（おきさだ）が継いでいた。

「跡を継いだ意定殿も亡くなってしまったのです。なので、田沼家は意正殿が継ぐことになりました」

意次の四男意正は水野家に婿養子に入ったものの、意次の失脚とともに離縁され、田代玄蕃と名乗っていた。が、意定にも跡継ぎがなかったため、意正が田沼意正に戻り、継ぐことになったのだ。

「意次様のお血筋が、当主として戻ったのです。跡継ぎの方々が皆、若くして亡くなったのは悲運ですが、意正殿の復帰は、父上ならば喜ばれるでしょう」

草太郎は絵に向かって笑いかける。

吹き込んできた風に、絵が揺れた。

文化の時代は十四年続き、十五年目（一八一八）の四月に文政（ぶんせい）に変わった。

翌文政二年。

二月。

町を歩いていた草太郎は、大声に振り向いた。

「一揆勢（いっきぜい）だ」

「相良の領民が押し寄せてきたぞ」

その言葉に草太郎は、早足に行こうとする町人の腕をつかんだ。

「待て、相良と言ったか」

「おうよ、遠州の相良からやって来たってえ話さ」

男は腕を抜きながら言うと、走って行った。

草太郎は城のほうへと足を向けた。

相良の領主は一橋家の治済だ。向かっているのは、一橋家に違いない。

城に向かう道の手前で、草太郎は駆け足になった。

数十人の一行が、勢いよく進んでいる。百姓や漁師、町人らが入り交じった人々だ。

草太郎はその横に付くと、歩調を合わせて進んだ。

「相良から来たのか」

そう問うと、町人とわかる男が「そうだ」と言いつつ、身を引いた。眉を寄せた顔に、警戒の色が浮かんでいる。

「ああ、わたしは……いや、わたしの父は昔、相良に行ったことがあるのだ。田沼様のお供として」

え、と数人の顔がこちらを向く。

「田沼様の」

「相良に」

「なんじゃと」

それぞれの目が見開く。

草太郎は声を高めた。

「相良のお城は竜宮城と呼ばれた壮麗なお城だったと、わたしはいく度も聞かされてきた」

「そのとおりだ」町人らしい男が寄って来た。

「あたしは子供だったが、ようく覚えている。それは美しい見事なお城だった」

「おう」と、あちらこちらから声が上がった。

「相良の宝だったがね」

「おれぁ見てないが、おやっさんからさんざん聞かされたぞ」

「おれは見たぞ、そりゃあ、立派なお城だった」

そうだそうだ、と声が重なる。

「あん頃はよかったんだ」

「そうさ」

「田沼様の頃はな」

顔をしかめる男達を、草太郎は覗き込んだ。

「で、一揆と聞いたが、そうなのか」

「ああ、そうだ」

「一橋様の領地となってから、なに一ついいことはねえ。税は重くなるし、おれらは身ぐるみ剝がされたも同然だ」

「そうよ、寄越された代官はどれもこれも悪代官でな、わしらからむしり取ることしか考えてねえ」

町役らしい男が冷静に頷く。

「田沼様は我らに手厚く、なにくれと助けてくだすった。そのおかげで豊かになったのに、それをすべて巻き上げていくのです」

「おう、もう我慢ができねえ」

漁師と見える男が拳を振り上げる。

「だから、代官の陣屋に一揆をかけたんだ」

「陣屋に」

草太郎の驚きに、「おうよ」と答える。

「打ち壊しをかけたんだ」

「ああ、みんなでな」

「もう我慢なんねかったからな」

町役が頷く。

「ですが、代官は口先だけで一向に改善しようとはしませんでな、こうなれば直に訴えるしかないと、江戸に参ったわけです」

なるほど、とつぶやく草太郎に、皆が大きく頷く。そして、その顔を前に向けた。

足音を立てて、一行は進んで行く。

道の脇には江戸の人々が集まり、行列を見つめている。

「おう、頑張れよ」

声を投げかける者もあった。

役人らも姿を見せ、一行を囲むように付いて歩く。威嚇するように棒や十手を振りかざす役人に、一揆勢も手にした鎌や鋤を掲げ返した。

一橋御門に一行が着いた。

知らせが届いたらしく、御門は開いている。

なるほど、と草太郎はそれを見た。

江戸市中、人々の眼前で捕縛すれば騒ぎになり、批判を受けるのは必定、と判断したのだろう……町人は一揆勢の味方、下手をすれば加わる者まで出かねない……。

そう考えながら、御門と一行を見比べた。

一揆勢は立ち止まり、大声を上げた。

「行くぞ」

「おう」

腕を振って、一行は橋を渡って行った。

見送る江戸の町人から歓声が上がった。

草太郎も思わず、声を上げていた。

一橋家では領民の声を聞き、代官を替えることで、とりあえずの収まりをつけた。

しかし、その後も領民の不満は続いていった。誰もが〈田沼様の頃〉を語り、それは子から孫へと受け継がれていた。

八月。

「父上」草太郎が絵の前に座った。

「田沼意正殿が若年寄に任命されたそうです」

意正を離縁した水野忠友は、跡継ぎに親戚の忠成(ただあきら)を据えていた。その忠成が、文政元年に老中となっていた。忠成が、意正を推挙しての任命だった。

意正の忠勤振りは、まもなく評判となった。

やがて将軍の目にも留まり、御加増の話にもなった。

しかし、意正は加増を辞退した。

代わりに望んだのは、相良への田沼家復帰だった。


文政六年。

「父上」

草太郎は、絵の前に駆け込んだ。息を整えながら、絵の加門と向き合う。

「父上、田沼家が再び相良の領主になりました。意正殿が領主です」

ははは、と笑いながら、草太郎は絵の顔を覗き込んだ。

草太郎は手で掛け軸をつかむ。

「やりましたよ」

父の顔は、五十歳の姿でずっと変わらない。

絵の顔を見つめながら、草太郎は片手で濡れた頬を拭った。と、その手で顔を額から顎まで撫でた。

ふっと、失笑が洩れる。

「今や、わたしのほうが老けましたね。直(じき)にわたしもそちらに行けましょう」

絵を離すと、草太郎は縁側に立った。

小さな庭の上に広がる、青い空へと目を向ける。

白い雲間に、加門と意次の顔が浮かんで消えた。

二見時代小説文庫

刃(やいば)の真相(しんそう)　御庭番(おにわばん)の二代目(にだいめ)18

二〇二二年　二　月二十五日　初版発行

著者　氷月(ひづき)　葵(あおい)

発行所　株式会社　二見書房
〒一〇一-八四〇五
東京都千代田区神田三崎町二-一八-一一
電話　〇三-三五一五-二三一一［営業］
　　　〇三-三五一五-二三一三［編集］
振替　〇〇一七〇-四-二六三九

印刷　株式会社　堀内印刷所
製本　株式会社　村上製本所

ISBN978-4-576-22014-7
https://www.futami.co.jp/

氷月 葵

御庭番の二代目

シリーズ

将軍直属の「御庭番」宮地家の若き二代目加門。
盟友と合力して江戸に降りかかる闇と闘う！

①将軍の跡継ぎ
②藩主の乱
③上様の笠
④首狙い
⑤老中の深謀
⑥御落胤（ごらくいん）の槍
⑦新しき将軍
⑧十万石の新大名
⑨上に立つ者
⑩上様の大英断
⑪武士の一念

---

⑫上意返し
⑬謀略の兆し
⑭裏仕掛け
⑮秘された布石
⑯幻の将軍
⑰お世継ぎの座
⑱刃の真相